スキルは見るだけ簡単入手！
SKILL Ha MiruDake
Kantan nyuusyu!
〜ローグの冒険譚〜
2
著 夜夢
YORUMU

登場人物紹介
Main Characters
アクア
ローグに従う水竜。
無類の酒好き。
コロン
元グリーヴァ王国の
王女。
ローグの妻になった。
アース
ローグに従う土竜。
食いしん坊。
ローグ
【神眼】の力を授かった少年。
見るだけであらゆるスキルを
習得できてしまう。

SKiLL Ha MiruDaKe
Kantan nyuusyu!
ミラ
コロンの護衛騎士。
ゾルグ
ギルオネス帝国の皇子。
自国の内情を
苦々しく思っている。
ジュリア
ムーラン帝国から
やって来た旅人。
何やら訳ありな様子。

第一章　建国と救国

幼い頃、住んでいた村を盗賊団《とうぞくだん》に襲われて両親を攫《さら》われてしまった少年、ローグ・セルシュ。ある日、偶然森で神様を助けた彼は、その曇《くも》りなき心を認められ、見るだけで他者のスキルを自分のものに出来る【神眼《しんがん》】の力を授かった。

様々なスキルを取得し、瞬《また》く間《ま》に力を付けたローグは、災害級の竜の討伐《とうばつ》やダンジョンに取り残された隣国グリーヴァ王国の王女の救出など、数々の手柄《てがら》を打ち立てる。

その功績を認められ、ローグはザルツ王国から自らの領地を賜《たまわ》るのだった。

そして、縁を得たグリーヴァ王国の女王バレンシアの協力もあり、ローグはついに、盗賊から逃れてエルフの国で暮らしていた両親と再会を果たす。

あとは領地を発展させてのんびり暮らしたい……などと考えていた矢先、彼の前に再び神様が姿を見せる。

神様は言う。世界は不幸で満ちている。君の目に映る人達だけでも救ってやれないか。

世界の惨状《さんじょう》を知ったローグは、自分と同じような不幸な目に遭《あ》う人を少しでも減らすべく、平和な国を作ると決意する。そして彼は、王達の承認を得てザルツ王国セルシュ領とグリーヴァ王国を統合し、新たに『神国《しんこく》アースガルド』の建国を宣言するのだった。

神国アースガルドを興《おこ》す準備を始めるにあたり、ローグが最初に取り掛かったのは、築城だ。

併合《へいごう》したグリーヴァ王国の設備をそのまま使う方法もあるが、それでは周辺諸国に新しい国としての印象を与えられないので、新たな首都を一から作る事にしたのだ。

ローグは、元グリーヴァ王国の第二王女で、妻となったコロンや、領地のウルカの町で町長を務めていたクレアなど、主要な仲間の意見を積極的に取り入れて、城の仕様を固めていく。それらを反映して、ドワーフの職人達に図面を引いてもらった。

神に授かった【万物創造《ばんぶつそうぞう》】の能力があれば、たとえ城でも瞬時に創《つく》り出せるのだが、巨大な物を創造する場合は特に、ディティールを把握《はあく》しておく事が重要だ。適当なイメージで造ってしまうと、構造に欠陥《けっかん》を持った代物《しろもの》が出来上がるかもしれない。

慎重を期して、ローグは図面を細部まで完璧に頭に叩き込み、築城に臨んだ。

ローグは今、城の建設予定地に一人で立っていた。

だだっ広い一面の野原で、周囲には建物や障害となるような自然物もない。

彼が城と町を創ろうとしているのは、隣国のローカルム王国との国境から二キロほど北上した辺りの広い草原だった。この場所に拠点となるアースガルド城を築城した後、そこを中心にして城下町を発展させていく予定だ。

「助けた人達が住める場所も作っておかないとな。さて……」

ローグは、まず土魔法を駆使《くし》して城を建てる地盤を整えた。地響きと共に、草原の土が十メートルほどの高さまでせり上がってくる。この盛り土を硬化して城の土台とし、ローグは【万物創造】で図面からイメージした城を創った。

ローグが掲《かか》げた手から眩《まばゆ》い光が放たれる中、空中に現れた無数の光のピースが頭に描いた図面をなぞるように動き、幾重《いくえ》にも積み重なり、城の形に組み上がっていく。最後に、背の高い城壁が四方を囲む。ここまでの工程はわずか一分、魔力と引き換えに巨大な城が完成した。

「よし、ひとまず外観は完成かな。内装は皆《みんな》と相談しながら追々《おいおい》整えていけばいいか」

城の外観は装飾《そうしょく》が少なく、比較的シンプルながらも、優美《ゆうび》な造形と白く美しい外壁がどこか神々《こうごう》しさを感じさせる。一見するとただの石造りの城のようだが、城壁の内部は贅沢《ぜいたく》にもオリハルコンの骨格で補強されており、少しくらいの砲撃や魔法ではビクともしない。これは有事《ゆうじ》の際は避難所としても使えるようにと考えての事である。

「これで城の守りは完璧かな？　我ながら良い感じに出来た。それにしても、凄い力だなぁ、【万物創造】って。さて、町の方はどうしよう？　ここは専門家のクレアに頼んで、都市計画を作成してもらった方がいいよな」


早速、ローグは転移で部屋に向かったが……すぐに頭を抱える羽目《はめ》になった。

「……ねぇ、何で毎回下着姿なの？」

「暑いからよ。今年は特に暑いわ……」

クレアはローグの目を気にもせず、キャミソールの裾《すそ》をパタパタさせて扇《あお》ぐ。

「自分の部屋だから好きにすればいいけどさぁ。それで、実はクレアに頼みがあって来たんだ」

「私に？　何かしら？」

「今、アースガルド城を創ってきたんだよ。でさ、クレアには城下町の計画を作成してもらいたくてね。町に必要な施設や、住民のための居住区の配置とかさ、クレアなら町長やってたから、俺よりそういうのに詳しいと思ってね」

クレアはゆっくりと身体を起こし、汗を拭《ぬぐ》う。

「出来なくはないけど、想定している住民の数や建物のイメージが分からないと難しいわよ？」

「あぁ、それならここにあるよ」

そう言って、ローグは散らかり放題の机の上の物をどけて、ミニチュアの建物を創り出した。

「なに？　この四角くて、やたら高い建物は？」

「神様からもらった異世界の知識を参考にしてみた。高層ビルとかタワーマンションとか、これはそう呼ばれる住居らしいよ。内部は各階二十戸、五十階建てにする予定だ。これなら狭い土地でも多くの住人を受け入れられるだろ？」

「何それ!?　これ一棟で千世帯は暮らせるって事!?　でも、こんな高い建物、強度は大丈夫なの？」

「骨格にヒヒイロカネを使う。鉄よりも粘《ねば》りが強いから、地震に強い物になると思うんだ。で、壁はコンクリートという素材で、さらに魔法でコーティングする。まぁ、これは魔法攻撃なんかを反射させるためなんだけどさ」

「へぇ～。よく分からないけど、異世界の知識ってとんでもないわね……。ところでさ、これもう少し低くして、全てのギルドとか商店を一箇所《いっかしょ》に纏《まと》めたら良いんじゃない？　商業専用施設みたいな感じ？　それを町の中心にこんな風に建てて……」

話を聞いているうちに、クレアは何かアイデアを思いついたらしく、紙にどんどんイメージ図を描きはじめた。

彼女の考えは、円形の商業ビルを町の中心に配置し、そこから放射状に町を広げていき、東西南北どこからでもアクセス出来るように道を延ばすというものだ。町は主に四つの区画に分け、城は北区に位置し、中心部を大通りが南北に貫《つらぬ》く。

「あとは全体を城壁で囲んで……こんな感じでどうかしら？　これなら、今後住民が増えていっても拡張しやすいでしょ？　全区画が埋まったら、東西と南に同じような区画を接続して、広げていくのよ」

「なるほど。うん、よし！　これでいこう！　ありがとう、クレア。君に相談して良かったよ。また何かあったら頼むね？」

ローグに褒《ほ》められて、クレアは照れ臭そうに頬《ほお》をかいた。

「ほいほ～い。頑張《がんば》ってね、国王サマ？　あははっ」

「俺は国王なんて柄《がら》じゃないんだけど、誰かがやらないといけないからさ……。じゃあ、クレアの意見を参考に、町を創ってくるよ。またね」

再び暑さにうだるクレアを残し、ローグは建設予定地へと戻るのであった。

転移後、ローグはクレアの作った地図に従って区画整理し、町の下地を創り上げていった。道は石畳ではなく、異世界の知識を参考にアスファルトという素材を使った。

石畳も趣《おもむき》があるものの、継《つ》ぎ目《め》があって歩きにくく、馬車の揺れも酷《ひど》くなる。それならばと、アスファルトを選択したのだった。

「よし、出来た！　手始めに中心の商業ビルとマンション五棟完成だ。当面はこれで十分だろう。人が増えたら、その都度マンションを増やせばいいし。今は空き地だらけで殺風景《さっぷうけい》だけど、いつか人で賑《にぎ》わうといいな。そうなるように頑張らないと……。さて、次は城の内装に取り掛かりますか！」

ローグは関係者の意見を参考にして、城の内装や設備を作り上げていく。その際、皆が拘《こだわ》った場所が何箇所かあった。

まずは、調理場。これから先、臣下が増える可能性もあるため、料理長を務めるアンナの希望を取り入れて、かなり広めに創った。調理器具は全て魔導具で統一し、使いやすさにも配慮している。

次に拘ったのは風呂だ。大人数で入っても大丈夫なくらい広くした。男湯と女湯に加えて、サウナ室も完備。美容に気を遣う年頃の女性陣の意見を多く取り入れた。

さらに、ドワーフ達の工房や兵舎に訓練場、ローグの執務室、応接室と、城に必要な施設を創っていった。

キッチン以外の家具類はドワーフの職人達に任せる事にして、ローグは最後の仕上げとして自分の部屋へと向かう。

ローグは、異世界の知識を使い、自室に次々と家具類を創り出していく。ベッドにソファー、テーブルセットにティーセットなど、洗練《せんれん》されたデザインの家具が所狭《ところせま》しと室内に並べられていく。

「……少しくらいは……いいよね？」

そんなローグの独り言に、応える声が、彼の頭の中に響いた。

《これも異世界文化の研究のためですよ、マスター》

ローグをサポートする優秀な【ナビゲート】スキルのナギサだ。

「そうそう、決して私欲じゃないしね。使えそうなアイデアがあったら取り入れていこう。しかし、異世界の家具って凄《すご》いんだな。素材から違うのかな？　この世界じゃ再現出来そうにない物まであるし。これは、ドワーフ達には見せられないな。うん」

†

こうして、城や町、様々な基盤を整え、国家としてのスタートを切ったローグは、謁見《えっけん》の間に関係者全員を集めた。

「皆、聞いてくれ。俺はこれから、南にあるローカルム王国に向かう。目的は皆も知っての通り、ギルオネス帝国の侵略で傷付いた民衆を救うためだ。ローカルム王国が落ちたらザルツ王国も危ない。我が神国アースガルドとしては、いたずらに戦火を拡大し、他国を侵略するギルオネス帝国の振る舞いを見過ごすわけにはいかない。一応、平和的な解決案を模索するが、望みは薄いだろう。

ギルオネス帝国からの返事次第では、我が国も交戦状態に入る。皆で力を合わせて平和な世界を取り戻そう！」

「「「はいっ‼」」」

そう宣言した後、ローグは各自に役割を指示していく。

「よし。ではまず、クレア。君には城下町の長をお願いしたい。ウルカの町の機能をそのままこの地に移してくれ」

「住民と交渉してみるわ」

「ギルド関連を移動させるのは難しいだろうが、クレアに一任する。それから、戦争になれば難民が増える。我が国は助けを求めてやってくる者を拒《こば》まない。随時《ずいじ》受け入れるように。ただし、犯罪者は別だ。激務になると思うけど、周りの者と協力してこなしてほしい」

「ま、元々仕事が趣味みたいなものだし？　望むところよ」

クレアは自信ありげな微笑みを浮かべながら、力強く頷《うなず》いた。

「次にバレンシア、旧グリーヴァ王国の兵達をこちらに回せるだけ回してくれ。その際、アースガルドの城下町に移住したい民がいたら移住してもらってかまわないよ」

「分かりましたわ。コロンとミラに私の補助を頼んでもよろしくて？」

グリーヴァ王国の王女だったコロンと、その護衛騎士のミラならば適任だろう。

「あぁ。その方が捗《はかど》るだろうからね。コロンにミラ、任せても大丈夫かな？」

コロンが張り切って応える。

「任せてっ。完璧にこなしてみせるわ。王妃《おうひ》としてね？」

「じゃあ、旧グリーヴァ王国は君達に任せるよ。上手くやってくれ。頼りにしてるよ。コロン」

ローグに頭を撫《な》でられてご満悦《まんえつ》のコロンを見て、ミラは少しだけ苦笑する。

「相変わらず仲睦《なかむつ》まじくて、側で見ている方は少しお腹いっぱいですねぇ……」

「それと、基本的にアースガルドでは全国民の住民税はなしとして、気持ち程度の商業税や善意の寄付を募《つの》ってそれを財源にする。それと、この国に住む者にはいないとは思うけど、犯罪者からはその罪の度合いに応じて罰則金を取る」

ハレシュナ公爵家《こうしゃくけ》の長女であり、ローグの婚約者の一人でもあるフローラが挙手する。

「それで国は回るのですか？　最悪、資金難になるのでは……」

「心配ないさ。インフラの整備は俺がやればいいし、万が一の時は、ほら」

ローグは【万物創造】で黄金を創り出してみせた。

「この力は私欲のためには使えないが、困っている民のためならいくらでも使える。金は問題じゃないんだ。命を救えるか、救えないかの問題なんだよ。フローラ」

「分かりました。それで……私達姉妹は何を？」

フローラは妹のリーゼとマリアにチラリと視線を向けて、ローグに質問した。

「君達にはアラン伯父《おじ》さんと連絡を密にして、ザルツ王国の情勢に変化がないか、随時調査を頼みたい。もし、ギルオネス帝国に負けそうならすぐに教えてくれ。これが一番重要だ。俺がローカルム王国に行っている間にザルツ王国が陥落《かんらく》してしまうと、こっちもかなりまずい事になる。フローラ達にはこの魔導通信機を渡しておく」
そう言って、ローグはこういった事態を予期し、ドワーフ達に頼んでギルドカードを模して作らせた板状のカードをフローラ達に手渡す。
「これを使えば離れていても会話が出来る。ただし、使う時は周りに誰もいない事を確認してから使ってくれ。もし冒険者ギルドにバレたら怒られるかもしれないからね。いい？」
「「「はいっ！　分かりました！」」」
「ん、よし。後は……アース、アクア。君達はどこに竜達がいるか知っている？」
ローグは足元に侍《はべ》る小さな二体の竜に問い掛けた。
土竜のアースと水竜のアクアが答える。
《うむ。何体かは知っておるが……皆気紛《きまぐ》れに巣を変えるからのぅ……》
《そうね、居心地悪くなったら移動するし、正確な場所はちょっとね……》
どうやら竜はあまり長く一箇所に留まらないらしい。それでも、長命な彼らの時間感覚は人間とは異なるため、どれくらいの期間で移動するのかは不明である。
「そうか、分かった。なら、君達は城下町で待機だ。もし魔物が襲ってきたら倒してくれ。そうだな……働きぶり次第で肉や酒を出してやろう」
《な、なんじゃと⁉　我はやるぞ！　我に任せろっ！》
《わ、私だってやるわよ⁉　だからね……異世界のお酒くださいっ！》
あらゆる生物の頂点に立つといってても過言ではない竜達が肉と酒程度で動く様《さま》を見て、ローグは密かに溜め息をつく。もちろん、ちゃんと労《ねぎら》ってやるつもりだったが。

「頼んだぞ？　皆を守ってくれ。後は……ドワーフ達とカインか。そうだなぁ、君達は引き続き、建物の内装と魔導具の開発を頼みたい」

ローグの親友であるカインは、父親と共にアースガルドに移住し、ドワーフに弟子入りしている。

「よかろう、任せておけ。この小僧を鍛《きた》えながらやっておくわ、がはははっ」

ドワーフの親方がカインの背中を叩く。

「ローグがいない間に少しは鍛えておくよ。せめて、一緒に行けるくらいにはな？」

お調子者の親友との旅を想像し、ローグは微《かす》かに不安を覚える。

「あまり無茶はしないでくれよな、カイン。そのうち古代迷宮に連れてってやるから、腕を磨いておいてな？」

「おうっ！　お前も無茶すんなよ？」

「ああ。じゃあ皆、少しの間国を頼む。必ず帰るから、それまでここを守っててくれ！」

「「「はいっ!!」」」

こうして、ローグのもとに集《つど》った仲間達が、神国アースガルドのために動きはじめるのだった。

†

城を出たローグは、単身ローカルム王国との国境へ向かって歩いていた。

切り立った山々の間を縫《ぬ》うような道で、険《けわ》しいながらも魔物は少なく、ここまで順調に進んでいる。

しかしその道中、ローグはある事に気付いて足を止めた。

「あ……しまった。ローカルム王国に何の連絡も入れてなかったな。もし国境で入れてもらえなかったらどうしよう……」

そんなローグの呟《つぶや》きに、ナギサが応える。

《大丈夫ですよ、マスター。冒険者のギルドカードがあれば問題なく入国出来ます。ただし、国を越えて罪を犯した場合、ギルドからは即除名、訪れた国の法に従って裁かれます》

ローグは懐《ふところ》から取り出したカードをまじまじと覗《のぞ》き込む。

「へ～。これって意外と便利なカードなんだな」

《身分証明書代わりに使えますからね。プラチナランクともなれば、怪しまれずに入国出来るでしょう》

「じゃあ、国王ではなく、しばらくは冒険者として動くか」

一人旅でも、ナギサが話をしてくれるので退屈しないし、魔物が近くにいれば知らせてくれるし、まさに万能ナビである。

やがて、ローグの前方に、検問所が見えてきた。渓谷《けいこく》を塞《ふさ》ぐような形で、ここを通らねば抜けられそうにもない。

「……お、あれが国境かな？」

《そのようですね。お気を付けください》

門の両脇には武装した兵が立って、目を光らせている。

ローグは警備にあたっているローカルム兵に声を掛けた。

「すまない。ザルツ王国から来た冒険者なのだが、ローカルム王国に入ってもいいだろうか？」

「もしかして依頼か何かです？　身分証はありますか？」

警戒の目を向ける門番に、ローグはギルドカードを提示する。

「プラチナランク冒険者のローグだ」

「プ、プラチナランク!?　す、凄《すげ》えっ！　初めて見た！　お～い、プラチナランクの冒険者が来たぞ！」

ギルドカードを見た門番が驚きの声を上げると、兵の詰所《つめしょ》からわらわらと兵達が集まってきた。

「おぉっ、本当だ！　プラチナランクだ！」

「凄いな、その若さでプラチナランクなんて……」

「まぁ、成り行きでね。それで、国境を越えても問題はないかな？」

ローグに問われ、兵達は顔を見合わせて頷く。

「えっと……入るのは構いませんが、我が国は今、ギルオネス帝国の侵攻を受けていて、戦争状態です。首都ノールでは帝国兵が好き放題暴れている有様《ありさま》で、申し訳ありませんが命の保証は出来ませんよ？」

「そんなに酷い状況なのか。ローカルム王は何もしてはいないの？」

「王は今、騎士団を率いて国境付近で防衛しているはずです。帝国の本隊はそこで何とか食い止めていますが、侵入を防ぎきれなかったギルオネス兵達が首都ノールで暴れているのです」

どうやらかなりまずい状況らしい。おそらくギルオネス帝国は別働隊で首都ノールを落とし、防衛軍を挟撃《きょうげき》するつもりなのだろう。

「親切に知らせてくれてありがとう。だけど、心配はいらないよ。俺がローカルム王国からギルオネス兵を一人残らず排除してやるからさ」

規格外の力を持つプラチナランク冒険者からの助勢の申し出に、兵達が沸き立つ。

「わ、我らに手を貸して頂けるのですか⁉　ありがたいっ！」

「ローカルム王国に負けられたら、ザルツ王国も危ないからね。それで、ここからノールまでの距離は？」

「歩いて行くと一日半以上は掛かりますね」

そう答えた兵に、ローグは不敵な笑みを見せる。

「いや、早く着きたいから飛んでいくよ。こうしてね？　【フライ】！」

風を巻き起こしながら空中にふわっと浮き上がるローグを見て、兵士達が驚愕する。

「う、浮いてる⁉」

「ひ、飛行魔法⁉　こんなの見た事ないぞ⁉」

「いいや、これはスキルだよ。ノールは俺に任せてくれ。その代わり、万が一ギルオネス兵がここを越えようとしたら、頼むよ？」

「は……ははは っ！　分かった、任せてくれ！　皆を頼むぞっ！」

唖然《あぜん》とする兵士にこくんと頷き、ローグは物凄い速さでノールへと飛んでいった。

「ははっ……ローカルム王国は凄い味方を手に入れたぞっ……これで勝てるっ！」

「あぁ、あの人ならきっとやってくれるはずだ。我らは彼に言われた通り、ここを死守するぞっ！　ネズミ一匹たりとも通さん！　皆、気合いを入れろ！」

「「「おうっ!!」」」

ローグという希望を目にした兵達は、大いに士気を高めるのであった。


一方、飛び立ったローグは、空中からナギサにギルオネス兵を探させていた。

《マスター、ここから二百メートル前方に、五人組のギルオネス兵がいます。どうやら馬車を襲っているようです》

「分かった！　すぐに向かうっ！」

ローグは急いで襲撃場所へ飛んでいく。

「た、助けてくれっ！　ワシはギルオネスに店を構えている商人なんだっ！　あんた達、同郷だろ、何故こんな事を!?　か、金なら払う！　だから妻と娘はっ！」

しかし、ギルオネス兵は醜悪《しゅうあく》な笑みを浮かべながら商人に剣を突きつける。

「あぁん？　金も妻も娘も頂くに決まってんだろうが。なんなら、店ももらってやるぜ？」

「兵長、この女、漏らしてますぜ？　うひひひひっ」

商人の妻は恐怖のあまり失禁していた。

「い、いやぁっ……！　た、助けて……！　来ないでぇっ！」

絶望に染まる商人の妻に、ギルオネス兵の魔の手が伸びる。

「はっ、こんな場所に助けなんかくるかよ。さぁお楽しみの時間だ」

ギルオネス兵の一人が商人を羽交《はが》い締《じ》めにし、残る四人は妻と娘に手を伸ばしたが……

「ぎゃあぁぁぁぁっ！　う、腕っ！　俺の腕がぁっ！」

一人の男が女達に触れようとした時、その右腕が血飛沫《ちしぶき》を上げてぼとりと落ちた。

ローグが空中から放った風魔法の見えない刃が斬り裂いたのだ。

襲われていた二人の前に、ローグが降り立った。

「大丈夫かっ！　今助けるからなっ！」

「だ、誰だ貴様っ!?　我々がギルオネス兵と知って楯突《たてつ》いているんだろうな!!」

ギルオネス兵が羽交い締めにしていた商人を放し、剣を構えた。

「ああ、知ってるさ。このゲス共が……。今ここで罪を裁いてやるから、掛かって来いっ！」

商人の妻は娘を庇《かば》いながら、空から舞い降りた少年の背に問い掛ける。

「あ、あなたは……？」

振り返ったローグは、それまでの険しい表情から一転、二人を怖がらせないように笑顔で答える。

「正義の味方ってところかな。とりあえず荷台の裏へ！　すぐに終わらせるから！」

「は、はい！」

商人の妻は娘を抱え、倒れた馬車の荷台の裏側へと走る。商人が合流したのを確認し、ローグは腰に帯びた刀を抜いた。

五人組の長らしき者が、他の四人に命令する。

「や、やっちまえっ！　俺らギルオネス兵の恐ろしさを思い知らせてやれっ！」

「おらぁぁぁっ！　……は？　…………あぐっ」

兵長の合図を受け、ギルオネス兵が剣を振り上げるが……ローグに腹を斬られ、そのままの姿勢で動きを止めた。

斬られた男は、自分の身に何が起こったか分からず、突然襲ってきた激痛に悶絶《もんぜつ》する。

「お、おいっ！　こいつ……強ぇぇぞ!?　ぎゃぁっ！」

ローグの動きを見て警戒を呼び掛けた別の男も、次の瞬間には肩から腰まで斬られ、真っ二つに両断された。

「や、やべぇ……逃げっ！　がはぁっ……！」

愚かにもローグに背を向けたギルオネス兵は、そのまま後ろから斬られて地に伏した。

あっという間に三人を失った兵長は、残った一人に声を張り上げる。

「く、くそがっ！　おいっ、二人で同時に掛かるぞ!!」

「ひっひぃぃぃっ！　でも俺、腕が……！」

「ちっ！　役立たずがっ！」

兵長は怯《おび》えていた兵の背を蹴り飛ばし、ローグへの目眩《めくら》ましに使った。

ローグは飛んできた兵を横蹴りで落とし、残った兵長を追う。だが、その隙に兵長は既に百メートルほど先まで逃げ出していた。しかし、ローグ相手にその距離では、安全とは言えない。

「部下を犠牲《ぎせい》にして逃げ出すとはな。【サンダーランス】！」

直後、ローグの指先から雷の槍が放たれた。

雷は逃げ出したギルオネス兵を背後から光の速さで貫き、その身体を黒焦げにした。

「終わったかな。さて、大丈夫でしたか？」

ローグは武器を納めながら荷台の裏に隠れていた商人家族に声を掛ける。

商人は状況が把握出来ず、困惑《こんわく》していた。

「へ？　あ……。た、助かった……のか？」

「ええ。ギルオネス兵はあの五人だけですよね？　全員撃退しましたよ」

「し、信じられん……と、とにかく助かった」

頭を下げる商人の後ろから、隠れていた妻と娘が恐る恐る顔を出した。

「あ、ありがとうございます！　助かりましたっ！　あなたがいなければ、今頃……」

「いえ、偶然通り掛かっただけです。そこまで畏《かしこ》まらなくても大丈夫ですよ。それより……【クリーン】【ドライ】」

ローグは汚れていた女性の服を、魔法で瞬時に清める。

「あ……わ、私ったら……恥ずかしいですわ……」

「あんな奴らに襲われたら仕方ないですよ。それで、あなた方はこれからどうするのですか？」

商人がローグの質問に答えた。

「わ、私達はギルオネス帝国から逃げて来たんだ。ザルツ王国のザリック商会を頼ろうとしていたのだが、戦《いくさ》で国境が塞がれていてね。ローカルム経由でザルツ王国に行こうとしたらこの有様さ。もう安全な場所はないよ……」

ローグは商人が口にした商会の名に覚えがあった。以前その商会の娘を助けた事があるのだ。

「ザリック商会？　それはザルツ王国の首都ポンメルにある商会ですよね？　もしかして関係者とか？」

「おや？　商会を知っているのかい。私達はそのザリック商会の傘下《さんか》なんだ。ギルオネス方面の商《あきな》いを任されていたのだが、税は法外で、役人は何かと難癖をつけては賄賂《わいろ》を要求してくる。憲兵は悪人を取り締まるどころか、それらを目こぼしして袖《そで》の下《した》を受け取る有様。これではまともに商売が成り立たん。私達は帝国での商売に見切りをつけ、撤退《てったい》してきたのだよ」

商人の話から、ギルオネス帝国の内情が窺《うかが》える。

不正が横行し、町の治安も悪く、商人に逃げられるようでは、先はない。

「なるほど、分かりました。では、ポンメルまで送りましょうか？」

商人達一家は、強行軍と今の強襲で大分疲労が溜まっている様子だった。

「それは助かるのだが……君はノールに向かっているのではないのかな？」

「確かに俺はノールに向かっていますが、【転移】スキルが使えるんです。一度行った事のある場所に瞬時に戻れます。だから、あなた達を送ってもすぐにここに帰って来られますよ。どうしますか？」

「なら、申し訳ないがお願いしたい。正直、もう限界だったのだ……」

「分かりました。では、荷物を纏めて荷台に入ってくれます？　よっと」

ローグは倒れていた荷台を軽々と起こし、元に戻した。

商人はそれに驚きながらも、散乱していた荷物を集めはじめる。全員が乗り込んだ事を確認したローグは荷台に触れてスキルを使う。

「忘れ物はありませんか？　じゃあ、行きますよ？　【転移】！」

馬車は光に包まれ、その場から消えた。


商人が恐る恐る目を開くと、目の前にザリック商会の看板があった。

あちこちから商人達の客引きの声が聞こえ、道を行き交う人々は活気に溢《あふ》れている。

「ここは……ポ、ポンメルだ！　ザリック商会の前じゃないかっ！　ほ、本当に助かったのか！」

困難続きの旅の緊張から解放された三人は、抱き合って喜びを爆発させる。しかし、商人はすぐに姿勢を正し、ローグに頭を下げた。

「すまない、取り乱してしまった。私はゴズウェルという商人です。もし、商人の力が必要になった際には喜んで力になるので、どうか忘れないでいてほしい。この度は本当にありがとう」

「ゴズウェルさんですか。今後ともよろしくお願いします。実は……俺、国王なんですよ」

突然身分を明かされた商人は、ローグが何を言っているか呑み込めず、瞬《まばた》きを繰り返す。

「は、はい？　こ、国王……様？」

「ええ。つい先日、ザルツ王国のセルシュ領とグリーヴァ王国があった地に、新しく国を作ったんです。もしゴズウェルさんがザルツ王国との流通を担《にな》ってくれたら、俺としては助かるんですが」

「あ、あの地に新しい国が!?　す、すぐにランドル様に聞いてみますっ！　必ず助けになりますから、またお会いしましょう！　ランドル様ぁぁっ！」

商人は興奮した様子で商会へと入って行き、妻と娘が慌てて追いかける。元気そうな三人の背中を見届け、ローグは一安心した。

「これでもう大丈夫かな。さて、俺は戻ろう。【転移】」


再び馬車が襲われていた場所へと戻ったローグは、溜め息をつく。

「やれやれ、いきなり人助けとは、荒れてるなぁ……」

《今のなんて、まだマシな方ですよ、多分。あの兵の質から想像すると、恐らくノールの方はもっと酷いでしょうね》

「それなら……なおさら早く行かないとな……。急ごう！」

ローグは気を引き締め、ノールを目指して空を飛ぶ。

《マスター。またギルオネス兵が悪事を働いています》

「了解。雷の雨に打たれよ……【サンダーレイン】！」

「「「ぐぎゃぁぁぁぁっ！」」」

ローグは空を飛びながら、道中で遭遇したギルオネス兵達を残さず雷魔法で殲滅《せんめつ》していく。兵士に襲われていた民の中には、敵兵だけを狙って落ちる雷を天罰だと思って、祈りを捧《ささ》げる者もいた。

順調に飛行を続けたローグの視界に、大きな町が見えてきた。

《マスター、間もなくノールです。近くに敵影《てきえい》はありません。残りはノールにいる兵だけです》

「分かった。なら、ここからは歩いて行こう。飛んで行ったら警戒されるしね……っと」

ローグは人気《ひとけ》の少ない森を探し、地上に下りた。

「ふぅ……ここからなら一時間もしないで着くかな？　早く向かおう」

道中度々ギルオネス兵と遭遇《そうぐう》しているので、かなりの数の帝国兵が首都ノールに侵攻している可能性が高い。ローグは全速力で目指す。

しばらく走り続けていると、町の門らしきものが見えてきたので、ローグは速度を落とした。

「あれがノールの門かな？」

《マスター、あそこに立っている門番……ギルオネス兵です》

「まさか……ノールはもう落ちたのか？」

《恐らくは。国境での戦いに全兵力を投入した結果、首都の防備が手薄になっているのでしょう》

「民がいなければ国など回らないのに？　ローカルム王は何を考えているんだ……」

《あっさり占領されているところを見ると、既に王が討《う》たれてしまったのかもしれませんね》

「なるほど……あり得るな。ナギサ、ローカルムの城はどこにあるか分かる？」

《あの入り口からまっすぐ行けば、正面に見えるはずです》

「分かった。ひとまず、ノールの町をギルオネス兵から解放しようか」

《そうですね、城は後でもいいでしょう》

「だね。じゃあ……目の前の敵から片付けよう」

ローグは鞘《さや》から刀を抜き放ち、堂々と歩いて門番へと近付いていく。

「止まれっ！　貴様、その武……ぐはぁっ！」

「な、何を……ぐふぅっ……！」

誰何《すいか》するギルオネス兵をローグは問答無用で切り倒す。

「て、敵襲だっ!!　急いで警鐘を鳴らせっ!!　ぐがぁぁっ!!」

すぐさまノールの町に鐘の音が響き渡る。それを聞きつけたギルオネス兵達が、町の北門に殺到した。

「貴様……我々がギルオネス兵と知って手を出したんだろうな？」

凄む敵兵に、ローグは容赦《ようしゃ》なく魔法を放つ。

「当たり前だ。平和を脅《おびや》かす悪人共めっ！　爆《は》ぜろ……【エクスプロージョン】！」

ギルオネス兵が密集していた場所を中心に、高威力の爆発が起きた。

直後、轟音《ごうおん》が響き、多数の兵士が爆発に呑まれて跡形《あとかた》もなく吹き飛んだ。

周辺部にいた兵は軽い火傷《やけど》で済んだものの、いきなり吹き飛ばされた味方を見て混乱に包まれる。

「な、仲間達が一瞬で……お、おいっ、お前、今すぐ城に行ってる奴らを呼んでこい！　こいつヤバいぞっ!!」

「わ、分かった！」

一人の兵が城に仲間を呼びに走ったが、ローグはそれを黙って行かせる。

「は、ははっ！　バカめ、すぐに仲間が来るぞっ！　これでお前も終わりだ！　ギルオネスに手を出した事を悔《く》やみながら死ぬがいいっ！」

遠巻きに威嚇《いかく》する兵士に、ローグは現実を突きつける。

「あえて行かせたんだよ。どうせなら纏めて倒した方が片付けも楽だしね。あぁ、今から片付けられるお前達には関係ない話だったか」

「ぬかせっ！　お前ら、一斉に掛かるぞ！　間違っても固まるなよっ！　またあの魔法が来る！　行くぞ、オラァッ！」

散開する敵に対し、ローグは魔法ではなく、剣術スキルを使う事にした。

「領域――【円】」

ピィンッと、ローグを中心に、彼にしか分からない間合いの領域が展開される。

剣術の達人は自分の刀が届く範囲を感覚で知る事が出来るのだ。

「俺の間合いに入った奴から死ぬ。それでもいいなら来いっ！」

「そんな細い剣で何が出来るってんだ！　行くぞっ！」

どうやら刀を知らないらしい。ローグは刀を鞘に収め、居合いの構えをとった。

ローグが納刀したのをチャンスと見て、ギルオネス兵は四方向から一斉に斬り掛かる。

「忠告はしたよ？　はっ!!」

直後、ローグの刀が閃《ひらめ》き、神速の抜刀術でギルオネス兵が真っ二つになる。

正面に横薙《よこな》ぎを見舞ったのに続き、右に袈裟《けさ》斬り、後ろは逆袈裟斬り、左には突きと連続で放ち、掛かってきたギルオネス兵は、四人ほぼ同時に倒れた。

ローグの領域に入るという事は、死を意味する。

「バ、バケモンだっ！　勝てるわけねぇっ‼」

「く、くそがっ‼　おい、魔法兵っ！　奴に遠距離から魔法を放てっ！」

「「は、はいっ！　【ファイアーボール】！」」

すっかり腰が引けた兵士に代わって、魔法兵が無数の火の玉を放つ。

しかし、放たれた火球はローグには当たらず、あろう事かそれを撃った魔法兵に返っていった。

「【バースト・リフレクト】！」

ローグの反射増幅魔法で威力が倍加された【ファイアーボール】が魔法兵を焼き尽くす。

「「ぎゃぁぁぁぁっ！　あぢぃぃぃぃっ‼」」

その場に肉が焦げる不快な臭いが立ちこめた。

「どうした、もう掛かって来ないのか？　なら……今度は俺から行くぞっ！」

ローグが一歩足を前に出すと、怯えた敵兵達が後退《あとずさ》る。しかし、みすみす逃すローグではない。

「ひっひぃっ！　来るなぁっ‼」

ローグは【縮地《しゅくち》】を使って高速移動し、目にも留まらぬ速さで次々とギルオネス兵を斬っていく。

たちまち、町の入り口には動かなくなったギルオネス兵の山が出来上がった。いつしかその光景を見守っていた町の人達が屋内から出てきて、ローグに声援を送りはじめた。

「が、頑張れぇぇぇっ！」

「ギルオネス兵達を全部やっつけてぇ～！」

ローグは最後の一兵を屠《ほふ》り、声援を送る町の人達に向かって叫《さけ》んだ。

「この中に冒険者はいるかっ！　俺はプラチナランクの冒険者のローグ!!　もしいたら、このギルオネス兵達を片付けておいてくれっ！　俺はこのまま城へ救援に向かう！」

その声に応え、ローグの周りに冒険者達が集まってきた。

その中の一人、白髪交《しらがま》じりの中年の男が口を開く。

「あんたが噂《うわさ》に聞く覇竜《はりゅう》のローグだったのか……！　話はポンメルのギルド長からも聞いてる。凄い奴が現れたってな？　俺はノールのギルド長をやっている者だ。あまりに多勢に無勢で、ろくに抵抗出来なかった。恥ずかしい限りだぜ。正面からギルオネス兵と戦う勇気はなかったが、ここは俺達に任せてくれ。片付けくらいは手伝うさ」

「ギルド長でしたか。では死体の埋葬をお願いします」

「ああ、長期間放置された死体は大気中の魔力を吸収して生ける屍《しかばね》になる可能性があるからな」

「そうです。せっかく倒したのにアンデッドになられたら面倒なので、お願いします。それと、怪我人がいたら後で纏めて治療するので、どこか広い場所に集めておいてくれますか？」

「任せろ」

ギルド長にこの場を任せて城へ向かおうとするローグに、別の冒険者が声を掛ける。

「覇竜のローグ。今ローカルム城にはギルオネス帝国の猛将《もうしょう》ライオネル将軍が来ているはずだ。アイツはお前でも簡単には殺れないかもしれないぜ？」

ローグは納刀しつつその冒険者を見る。

「たとえ誰だろうと、平和を脅かす奴は許さないよ。ここを頼むよ」

「ははっ。ああ、頑張れよ！　覇竜のローグ！」

ローグはこの冒険者達に町を任せ、メインストリートを城へとまっすぐ走る。城までの道は一本道だ。この間敵兵の姿はなく、抵抗もない。

城に着くと、ギルオネス兵が城を取り囲んで陣を敷いていた。どうやら城はまだ落ちてはおらず、中に立て籠《こ》もっている者がいるらしい。

ローグは止まらず、勢いに乗ったまま敵陣に突入する。

「ぎゃぁぁあっ！」

「な、なんだ!?　この野郎っ！　何もん……ごふっ！」

突然の背後からの強襲で敵陣に混乱が広がる。

先程戦った連中よりは統率が取れており、手練《てだ》れと言えるが、ローグにとっては大した違いはない。当然のように次々と倒していく。ローグが通った道にはギルオネス兵の死体が折り重なり、血の川が出来ていた。ローグはそのまま無傷で敵陣を駆け抜け、城へと続く門の前にたどり着く。

ローグはそこで反転し、門に背を向けて敵と相対した。

ローグは両手に二刀を構え、城を守るような形で立ちはだかる。

すると、一際《ひときわ》大きな男が兵士達を掻き分《かわ》けてローグの前に出てきた。

黒く日焼けした肌に鮮血のような赤い髪、そして身《み》の丈《たけ》よりも大きいハルバードを担ぎ、ローグの前に立つ。その姿はまさに威風堂々《いふうどうどう》。他の者とは一線を画す強者の気配を纏っていた。

「そこで止まれ！　俺はギルオネス帝国将軍ライオネル！　軍を預かる将として、貴様に一騎討ちを申し込む！　俺が負けたら兵は引かせる！　これを受けるか！」

ローグは刀の切っ先を将軍に向けて言い放つ。

「当然受けるけど……兵を引かせる必要はないよ。これまで散々町の皆を苦しめたんだろう？　全員捕まえて裁きを与える」

「くっ！　見逃す気はないと言うのか……」

あの強襲の一瞬でローグの強さを見抜いたライオネルは、兵達の身を案じて歯噛《はが》みする。

「駄目だね。ここで見逃せば、どうせまた違う場所で同じ事を繰り返すんだろう？　一度略奪《りゃくだつ》や暴行を働いた奴はな、その味を忘れられなくなるんだよ。せめて、騎士としてここで終わらせてやる」

ライオネルは瞼《まぶた》を閉じ、ゆっくりと呼吸を整える。

「略奪や暴行か……。そんな指示を出した覚えはないのだがな。それも俺の至らなさ故《ゆえ》か。だが、無駄《むだ》に部下の命を散らすわけにはいかん。見逃してもらえぬのならば……貴様をここで倒すのみだっ！　行くぞっ!!」

ライオネルは気合いの叫びと共に、巨大なハルバードを上段に構えて突進する。

「うぉぉぉぉぉっ!!」

地面を砕《くだ》くほどに強く踏み込んだ足で、爆発的な加速をするライオネル。

だが、ライオネルのハルバードが間合いに達する前に、ローグが二本の刀を同時に振るう。

「遅いっ！　刀技【飛刃《ひじん》・雷】！」

雷を纏った二つの斬撃がライオネルの両肩にヒットし、彼の身体に電流を流した。

「うがあぁぁぁぁっ!!」

雷に打たれたライオネルは、麻痺《まひ》して立ち尽くす。ローグは【縮地】で懐に飛び込み、胴に峰打《みねう》ちを打ち込んだ。

「がっ！　はっ……！」

「そこで眠ってろ、ライオネル。目が覚めたら裁きの時間だ。ローカルム王に言う謝罪の言葉でも考えておくといい」

「くっ！　つ……強えぇなぁぁ。さ、最期にっ……真っ当な……決闘をしてっ……！　はぁっ……ま、満足……だ。がふっ……！」

ライオネルは血を吐きながらそう呟き、膝から崩れ落ちた。

「もし……違う出会い方をしていたら、良い仲間になったかもしれないな。身体を張って仲間を庇うなんて、良い将軍に違いない。だが、部下の暴走を許す甘さは見逃せないよ。兵士と賊は違う。戦の名のもとに好き勝手する誇りを失った兵士など、救うに値《あたい》しない」

将軍が倒れ、残っていたギルオネス兵達に動揺《どうよう》が広がる。

「し、将軍がっ！　お、お前らっ！　仇討ちだっ！　将軍の無念を晴らすぞっ！」

「「「おぉぉぉぉっ!!」」」

将が討たれて降伏するかと思いきや、残っていた兵は仇討《かたきう》ちに燃えて士気を高める。

しかしそこで、ローグの後ろの門が開いた。

「今が勝機だっ!!　皆っ！　ギルオネス兵を一掃《いっそう》するぞっ！　私に続けっ!!」

「「「おぉぉぉぉぉっ!!」」」

若い男に率いられ、門の中からローカルム王国の騎士達が現れた。

ローグが敵兵を減らした結果、ローカルム王国の騎士は生き残ったギルオネス兵の三倍はいる。

「ちっ!!　ここでローカルム騎士団かっ！　もはや、これまでっ……！　お前らっ！　ここが俺達の死に場所だっ！　死ぬ気で相手を道連れにしてやれっ！」

「「「おぉぉっ!!」」」

いよいよここが死地と覚悟を決めたギルオネス兵達は、取り囲まれながらも、相手を道連れにしようと奮起《ふんき》した。先程町の北門で戦った犯罪者紛いの連中とは一味違うギルオネス兵を見て、ローグは問い掛ける。

「少しは骨のある奴がいるみたいじゃないか。君達、投降する気はある？」

「あるわけないだろうがっ！　ライオネル将軍を殺《や》られて、黙っていられるかよっ!!」

ローグはギルオネス兵に間違いを指摘する。

「あー、待て、殺ってないぞ。あれは峰打ち。彼はまだ生きてるよ？」

「な、なにっ!?」

ちょうどその時、ライオネルがむくりと上体を起こした。

「い……ってぇぇぇっ！　かぁぁっ……肋骨《ろっこつ》イッてるな、こりゃ……」

「「「し、将軍っ！　ご無事でっ!?」」」

「んあ？」

将軍が無事だと分かった瞬間、ギルオネス兵達は次々と武器を捨て、投降した。

「……投降する。裁いてくれ」

「裁くのはローカルム王だよ。どうやら君達は野盗まがいの兵士とは違うようだね。それでも、戦を仕掛けた事実は変わらない」

「ああ、報《むく》いは受ける。将軍を殺さないでくれてありがとう……」

こうして、ノールでの攻防戦は幕を下ろしたのであった。

†

首都ノール内にいるギルオネス兵を全て投降もしくは戦闘不能状態にしたローグは今、ローカルム王国の王ソーン・ローカルムと謁見の間で対面していた。

王と名乗った男はまだ若く、二十歳にも満たないように見える。だが、その瞳には強い意志の力を感じた。

「大変世話になりました、ローグ殿。あなたがいなければ、我が国はギルオネス帝国の手に落ちていたでしょう。恩にきますっ！」

そう言ってソーンは頭を下げた。

「こちらも目的があって助けたまでの事です。そう畏《かしこ》まらないでください。これでも俺は神国アースガルドの国王です。戦火に喘《あえ》ぐ隣国を放っておいたりしません」

ソーンは首を傾《かし》げ、ローグに問い掛けた。

「アースガルド？　聞いた事のない国ですね？」

「はは、つい最近建国したので、戦争中の貴国には情報が入っていなかったのでしょう。ザルツ王国にあるセルシュ領とグリーヴァ王国を合わせた場所です」

それを聞き、ソーンは納得の表情を浮かべる。

「セルシュ領……？　あぁっ！　もしかして、あなたがあのザルツ王国のローグ・セルシュ男爵《だんしゃく》ですか！　双竜勲章《そうりゅうくんしょう》を受けたという、あのローグ殿でしたか！　なるほど……それならライオネル将軍すら圧倒したあの強さも納得です」

無邪気《むじゃき》なソーンの反応は、一国の王というよりも、普通の若者という印象だった。

ローグは素直に気になった事を尋ねる。

「失礼ですが、ソーン殿はいつからローカルムの王を？」

「いえ、私が王位を継いだのはつい先日です。父が国境での戦で倒れ、この国を引き継いだばかりなのです」

「なるほど。王になったばかりですか。俺と同じですね。それで……ローカルムはこれからどうするおつもりでしょうか？」

ローグの質問に、ソーンは首を捻《ひね》る。

「どう……とは？」

「単独でギルオネス帝国に対抗するのか、それとも他国と同盟を組むのか。あるいは……まさかないとは思いますが、このままギルオネス帝国に屈するのか。それを聞いているのです」

ようやく質問の意味を理解したソーンは椅子から立ち上がり、ローグに言った。

「な、何をっ！　敬愛する我が父を奪ったギルオネス帝国に屈する事などありえませんっ！　しかし……我が国単独では……ギルオネス帝国に対抗するのは難しい……」

そう言い、ソーンは力なく椅子に座り落ち込んでしまった。そんなソーンを思い、ローグは優しく声を掛ける。

「なら……我が国が力を貸しましょうか？　ただし、条件はつけますが」

「条件？　それは一体？」

ローグはソーンに考えを述べる。

「我が神国アースガルドとは末代《まつだい》まで争わない。これを遵守《じゅんしゅ》する限り、アースガルドはローカルム王国と同盟を結び、保護します。そしてもう一つ、もしアースガルドがギルオネス帝国を下したとしても、相手には損害の補償金以外求めない。この条件を呑めますか？」

ソーンは考え込む。

「失礼ながら、ギルオネス帝国は大国だ。出来たばかりの貴国にそこまでの力があると？」

「何しろ、神様のお墨付きですからね。そして、こちらには一軍にも匹敵する竜が二匹います」

ローグの言葉を聞き、謁見の間に居合わせた者の間にざわめきが広がる。

そんな中、同席していた神官長がソーンに進言した。

「ソーン王、彼の言う事は事実と思われます。先日、神よりお告げがありました。アースガルドは神が彼に作らせた国で間違いありません」

「神の国アースガルド……か。分かりました、ローグ殿。我がローカルム王国は、ローグ殿の出した条件を呑みます。ですが、こちらからも一つ要求があります」

「要求？」

「条件を呑む代わりと言っては何ですが、お互いが対等の同盟を結びたいのです」

「対等ね、もちろんですよ。ついでと言っては何ですが、交易もしませんか？　我が国では今、このような魔導具を民に流通させてましして」

そう言って、ローグは『魔法の鞄』から『魔導トイレ』を取り出して、ソーンに見せた。

「これは魔導トイレと言ってですね、排泄用の魔導具なんですよ。用を足した後に水で洗浄、最後に中身が消えるという優れ物なのです。これがあれば、嫌な臭いや疫病《えきびょう》なんかとはオサラバ。既に我が国では実用化されています。この他新しい魔導具も、ドワーフ達の手で現在鋭意開発中《えいいかいはつちゅう》です」

こんな場面でも商売を忘れない、強かなローグであった。

しかし、ソーンの方も魔導具に興味津々《きょうみしんしん》らしく、前のめりになってローグの話に耳を傾ける。

「魔導トイレ？　す、凄い魔導具だ！　これはぜひとも我が国にも広めたい！　臭いや疫病がなくなるなんて、願ってもない！」

「ありがとうございます。では、同盟結成価格で、一つ大金貨三枚でお譲りしましょう」

「こ、こんな凄い魔導具がたったの大金貨三枚!?　か、買います！」

「正確な購入数が分かったら、アースガルドに注文書を送ってください。代金はもちろん後払いも可能ですので。これを信用の証《あかし》だと思ってください」

「は、はいっ！　国を救ってくれたばかりか、こんな素晴らしい魔導具まで……。長きにわたってローカルム王国はアースガルドの良き友となるでしょう！」

互いに誓《ちか》い、二人は固く手を握って笑い合った。

ソーンがローグに話し掛ける。

「それで、ローグ殿はこれからどう動くのですか？」

「まず、これからノールの町で傷付いた民がいないか確認し、治療します。それが済んだらローカルム王国とギルオネス帝国の国境へと向かう予定です。ザルツ王国が防衛戦をしている今が好機、兵の多くをあちらに回している間に本国を強襲し、ギルオネス帝国を倒します」

「ま、まさかローグ殿が単独で乗り込む気ですか!?　無茶だっ！」

「そうかな？　別に何とでもなるんだけど……」

「確かにローグ殿は強いかもしれませんが、相手は国家ですよ!?　兵の数は二百万を超えるとも言われておりますっ！」

「たったの二百万か。それくらいなら、一人でも余裕ですね。それに、野原で全面戦争するつもりもないですし。俺の計画は、ギルオネス王のいる城内に乗り込んで、王を降伏させて終わりです」

事も無げに言ってのけるローグに、ソーンは呆《あき》れていた。

「は、はは。随分《ずいぶん》簡単に言いますが……大丈夫ですか？」

「もちろん。それだけの力を神様からもらってますからね。自信がなければ言いませんよ」

ソーンは目を瞑《つむ》りながら考える。

「それでも……一人で行かせるわけにはいきませんよ。あなたに、ある情報を教えましょう。我が国にいると噂されている竜の話です」

竜と聞き、ローグは眉をひそめた。

「竜？　まさか、属性竜がいる場所が分かっているのですか!?」

これまでに彼が出会った土竜と水竜はそこまで悪い竜ではなかったが、もしこの国にいる竜が悪しき竜だと、ギルオネスを相手にするより大変な事になる。

「ええ。ここから南に半日行った所に火山があり、その山頂に火竜がいます。瀕死《ひんし》で戻って来た冒険者の話では、火竜は力を認めた者にしか従わないと言ったそうです。冒険者ギルドから何人か向かいましたが、皆大火傷を負い、敗走してきました。ローグ殿なら火竜を従えられるのでは？」

（なるほど。無闇《むやみ》に殺したり、国を襲ったりするつもりはなさそうだな。むしろ、バトルマニアの竜か……面白いな）

ローグはギルオネス帝国に行くか迷った末、先に火竜を倒しに行くと決めた。

これは、もしどこかの愚か者が火竜の逆鱗《げきりん》に触れでもしたら、それを理由に国ごと滅ぼされかねないと危惧《きぐ》した結果でもある。

「分かった。その情報ありがたく頂戴しよう。ギルオネス帝国に向かう前に行ってみるよ。すまないが、残っている兵で国の守りを固めておいてくれないかな？」

「はい。ライオネル将軍を捕らえた今、あちらから侵攻してこない限り、そう苦戦する事はないでしょう。それに……父も国境で大分奮闘して、敵の数を減らしたようですしね」

そこでローグはライオネルについて尋ねた。

「そうだ、ライオネルについてだけど、彼と捕虜《ほりょ》にした部下達は殺すには惜しい。出来れば寛大《かんだい》な処置をお願いしたい」

小さく頭を下げたローグに対し、ソーンが首を横に振る。

「処刑なんてしませんよ。ひとまず戦が終わるまでは地下牢に捕らえ、戦が終わった後、処遇を決めます。ライオネル将軍の武勇は有名です。出来れば我が国で働いてほしいくらいですからね」

「はは、なるほど。おそらくライオネル本人はいい奴だ。部下を信じすぎる甘さはあるみたいだけど、その心意気は見事だった」

「はい。捕虜として丁重《ていちょう》に扱いましょう。それで、火竜の討伐にはどのくらい掛かりそうですか？」

「そうだなぁ……そんなに時間は掛からないはずだけど、とりあえず一週間。その間はノールから離れる。もしギルオネス兵が侵攻してきても一週間だけ何とか持ちこたえてくれ。もし侵攻に気付いたら、すぐに片付けて戻るからさ」

ソーン王は頷き、了承した。

†

城を後にしてノールの町に戻ったローグは、まず冒険者ギルドへと向かった。冒険者ギルドに入るとすぐに、ギルド長がローグに声を掛けてきた。

「お？　来たな？　あのライオネル将軍を倒したんだって⁉　凄ぇじゃねぇか！」

「そうですかね？　まぁ、他の奴らより強かった気がしますけど。それより、怪我人はどうですか？」

「あぁ。とりあえず地下にある訓練場に集めておいたが……どうする気だ？」

「いや、治療すると言ったでしょう。案内してくれますか？」

「あ、あぁ。こっちだ」

ローグはギルド長に案内され、地下の訓練場へ向かった。

そこで見た光景は酷いものだった。

腕を失った戦士、足がおかしな方向に曲がった子供、全身切り傷だらけの女、喉《のど》を潰《つぶ》された魔法使いや神官などなど、様々な怪我人が訓練場を埋め尽くしていた。中には、火竜にやられたと思われる火傷を負った冒険者もいる。

「これは酷いですね……」

「重傷者のみでこの数だ。軽傷者は入り切らなかったんでな、そっちは神殿に集めている。で、本当に治せるのか？」

「ええ、問題ありませんよ。ま、見ててください」

ローグはそう言って訓練場の中心に立つと、その場にいる全員に向かって叫んだ。

「今から君達を治療します！　神聖なる光よ、この場にいる全ての者の傷を癒《いや》したまえ……【エリアエクストラヒール】!!」

ローグを中心に温かな癒しの光が訓練場全体を包み込んだ。

光に触れた人々の傷がみるみる消え、なくなった肢体《したい》が再生し、火傷を負った皮膚《ひふ》が綺麗《きれい》に戻っていく。

「う、腕がっ！」

「あ、足が元に戻った⁉」

「あ、あぁ……綺麗に治ってる……奇跡だわ……！」

「おぉ……火傷が消えた⁉　すげぇ！」

「こ、声が出る！　おぉ……神よっ‼」

さっきまで動く事もままならなかった重傷者は、涙を流しながら再生した自分の身体を確かめる。

その光景を目の当《ま》たりにしたノールのギルド長が、驚きのあまり尻餅《しりもち》をついた。

「お、おいおい……マジかよ⁉　あれだけの重傷者を一瞬で完治させるだと⁉　あ、ありえねぇっ⁉　こいつは本当に奇跡だ」

「神に授かった力です。困っている人のためなら、惜しみなく使いますよ。ふぅ……っ」

ローグは微笑みながらも、さすがにこれだけ大規模な回復魔法を行使したせいで軽く眩暈《めまい》を覚えた。ふらつくローグを、ギルド長が気遣う。

「おっと、大丈夫か？　ははははっさすがに無理がたたったな。部屋を用意してあるから少し休むと良い」

「そうさせてもらいます」

眩暈の治まったローグはギルドに用意された部屋へと向かい、ベッドに横になった。

†

一晩ゆっくり休み、すっかり万全の体調に戻ったローグは、ギルド長に一言礼を言って冒険者ギルドを後にする。しかし、ギルドから一歩外に出た瞬間、ローグは大勢の民に囲まれてしまう。

「か、神が降臨なされたぞっ！　あぁぁ……ありがたや……ありがたや……」

いきなり大勢の民衆に囲まれたローグは困惑して辺りを見回す。

「な、何事だ、この騒ぎと人だかりは!?　何か祭でもあるのか？」

呆然《ぼうぜん》とするローグを、町の人が拝みはじめる。

「ここにいる皆は、昨日ローグ様に治療してもらって助かった人やその家族です。皆、改めてお礼を言いたくて集まったんですよ。ありがとうございます！」

「私達が助かったのはあなたのおかげです！」

「俺も瀕死の重傷を治してもらったんだ……助かったよ！」

町の人に加え、冒険者までもが感謝しはじめた。

「気にしなくていいよ。間に合わなくて助けられなかった人だっていたはずだし、助かったのは運が良かったとでも思ってくれ」

ローグが町に着く前に既に多くの命が失われていた。それでも、さらに悲惨《ひさん》な状態になる前に助かったのは事実だ。

「それでもです。ローグ様は、我々に諦めなければ希望があるという事を教えてくださいました。ノールの住民は皆、ローグ様に感謝しています」

平伏《へいふく》する住民が遠慮がちに問う。

「ところで……ご迷惑かもしれませんが、今回の戦で親を失った子や、住む場所をなくした者が多くいます。さすがにそこまではどうにもなりませんよね……？」

住民に、ローグは平然と答える。

「ならないでもないよ？　今神国アースガルドでは新たな住民を募集中でね。家は家具付きで用意出来るし、親がいないなら、孤児が暮らせる場所も準備出来る。まだ世話をする人はいないけど、それでも移住したい人がいるなら連れていってあげようか？」

住民が顔を見合わせながら悩む中、一人の幼い少女が恐る恐るといった様子でローグに質問した。

「あの……ご飯、いっぱい食べても怒られないですか……？」

ローグはしゃがんで少女に目線を合わせながら、優しく答える。

「大丈夫だよ、いっぱい食べても誰も怒らないし、毎日お風呂に入って綺麗にしていい。それに、夜はふかふかのベッドでぐっすり休めるよ。だけどね、午前中はちょ～っとお勉強する時間があるんだ。将来困らないためにね？」

「お勉強……？」

「生きていく上で大切な知識を教えてあげるんだ。親の代わりにね。俺も周りの大人達に習ったからさ」

「お兄ちゃんも……親がいなかったの……？」

「あぁ。十歳の時に村が盗賊に襲われてね。だから、親を奪われた子達が生きるのがどれだけ大変かはよく分かっているよ。まぁ、結局俺の両親は生きていて、最近再会出来たんだけどね」

少女は涙を流しはじめる。

「うう……お母さん、悪い人達に殺されちゃった……！　お父さんも、私を逃がそうとして……！私……もう一人ぼっちだよぉ……ぐすっ……」

ローグは少女を抱き寄せ、優しく頭を撫でてあげた。

「もう大丈夫。これからは俺が、俺の国が君を助けてあげるよ。だから、君は俺の所へ来て、たくさんの事を学び、同じ思いをした人達を、いつか君が助けてあげてほしい」

「出来る……かなぁ……？」

ローグは少女の頭を撫で続けながら答える。

「大丈夫だ。いっぱい頑張って努力すればいずれ必ず出来るようになる。一緒に来るかい？」

少女は少し悩み……やがて意を決して頷いた。

「行き……ますっ。私に生きる力をくださいっ！」

「分かった。俺に任せておけ」

ローグは少女の頭をポンポンと軽く叩いた後、立ち上がって周りを見回す。

「と、まぁ……こんな感じだ。大人達はどうだ？　仕事がなければ孤児院で働いてもいいし、農業が出来るなら、畑も貸そう」

「それは……仕事をくれるって事かい？」

「ああ。何せ俺の国は最近出来たばかりだからね。店を出したいなら建物も貸すよ。それと、俺の国ではほとんど税金を取らない。でも、犯罪者にはめちゃくちゃ厳しいから、変な気は起こさないように」

ローグの魅力的な提案を聞き、住民達がざわつきはじめる。

「お兄ちゃん！　僕達も親がいないんだ。行ってもいいかな？」

声を掛けてきた少年の周囲には、似たような子が数人固まってローグを見ていた。

「全員かい？」

「うん。皆、帝国兵に殺された」

「分かった、全員大歓迎だ。プラチナランク冒険者くらいにはなれるように鍛えてやろうか？」

「っ!!　うんっ！」

それをきっかけに、戦争で夫を失った女性や、子供達を奪われた老人達が次々と名乗りを上げはじめる。ローグは全員にアースガルドの説明をして、納得した者のみを連れていく事を約束した。

そんな中、ギルド長が出てきて、ローグに声を掛ける。

「ローグ、良い知らせがあるぞ？」

「ギルド長、どうかしました？」

「もし火竜を倒したら、お前は……ゴッドランク冒険者になれる！」

「ゴッドランク？　それって世界に数人しかいないと言われている……あの？」

「そうだ。今世界にいるゴッドランクの連中は、未踏破《みとうは》ダンジョンをいくつも攻略するなど、剣聖や大賢者、大魔導と呼ばれる人外レベルの力を持った猛者《もさ》だらけだ。そこに加わるんだ。嬉《うれ》しいだろ？」

「別に嬉しくないけど……。ゴッドランクになったら、何か良い事でもあるんですか？」

ローグの淡白《たんぱく》な反応を見て、ギルド長の額に汗が浮かぶ。

「い、いや……達成報酬が二割増しになる。あと……そうだ、女にモテる！」

「お金には困ってないですし、俺はもう結婚していますし」

「どこの国でも、冒険者ギルドがある国ならフリーパスで列に並ばずに入れるっ！　どうだっ⁉」

「お？　それは嬉しいかも。他には？」

ギルド長は悩みながらメリットを考える。

「そうだな……他には冒険者ギルド連盟本部に申請するだけで、任意の場所に冒険者ギルド支部を設置する事が出来る。普通はプラチナランク以上で、かなりの年数の実績を積まないと支部長にはなれないんだが、ゴッドランクになれば話は違う。一箇所という制限はあるものの、好きな場所に自分が支部長となるギルドを設置出来るんだ」

「へぇ～……。なら、俺がアースガルドに冒険者ギルドを設置してもいいわけか。それで……その本部はどこにあるのですか？」

「ギルオネス帝国の東にバロワ聖国って国がある。そこには冒険者ギルド連盟本部の他、商人ギルド連盟や薬剤ギルド連盟など、色々なギルドの本部が集まっている。ギルオネス帝国もバロワ聖国だけは手を出していない。理由は言わなくても分かるな？」

ギルド長は真剣な表情でローグに釘を刺した。

「まぁ……ね。それだけギルドの本部が集まっているなら、各業界の権力の塊《かたまり》みたいな国なんでしょう？　もし目をつけられたら大変だ。世界から孤立してしまう」

「そういう事だ。付き合い方はよく考えろよ？」

「はは、行くのは多分まだまだ先になりますね。まず、ギルオネス帝国を何とかしないと」

ローグとギルド長の話を聞いていた住民達はさらにヒートアップし、自分もアースガルドに行きたいという者が次々と名乗りを上げ、最終的に移住希望者は二千人近くになった。

「随分集まったな……でもこれ、大丈夫かな？　ローカルム王国から人がいなくなったりしないよね？」

ローグが漏らした不安に、ギルド長が茶化すように笑って応える。

「構わんだろ。ローカルムは今戦争で傷付いて大変だ。正直、難民や戦災者の補償も荷が重いから、引き取ってもらえるならありがたいくらいだろうよ」

「まぁ、俺は住民が増えて嬉しいですけど。よーし！　皆、隣の人と手を繋《つな》いでくれ！　全員繋いだのを確認したら、アースガルドに転移する！」

「おいおい、【転移】って……グリーヴァの秘術も使えるのかよ……」

「まぁね。おかげで移動が凄く楽だよ」

事もなげに言ってのけるローグを見て、ギルド長が肩を竦《すく》める。

やがて移住希望者達の準備が出来たのを確認したローグは、大声で出発を告げる。

「いいか？　手を放すなよ～！　行くぞっ【転移】！」

直後、およそ二千人の集団が眩い光に包まれ、ノールの町から一瞬で消えた。

†

ノールから最初の移住希望者を連れてきて三日、ようやく全ての環境が整った。

二千人が入れる建物はあったが、実際に人が住むにあたって何が足りなくなるか全く想像がつかなかったローグは、慌てて町を作り直した。

まず、戦で親を失った子供が結構いたので、町の北東に孤児院を創った。子供達が元気に走り回れるように、広い庭付きの施設にした。そして、この孤児院の運営はバレンシアに頼んだ。母性の塊のような彼女なら、子供達にも優しく接してくれるだろう。

当然、彼女一人で面倒を見るわけにはいかないので、連れてきた難民の中から希望者を募る。すると、子を失った親や、子供好きの女性、料理上手の主婦などが数多く立候補し、その人達が施設の職員を担当する事になった。

次に、元々農家だった者から農業をしたいという希望が多く出たので、町の南西の一画を農業区画として、畑に作り替えた。ここの管理を担当するのはミラだ。グリーヴァ王国の主産業は農業だったので、彼女には農場運営のノウハウがある。彼女はこれにとにかく張り切っていた。

最後に、商売をはじめたいと希望する者のために、町の南側から商業ビルを抜けて城へと繋がる大通り沿いに個人向けの商店を敷設《ふせつ》した。

希望者には何の店を出したいのかを申請してもらい、鍛冶師《かじし》兼大工であるカインの父ダインに統括を頼んだ。カインもダインに見習いとしてついている。

まだ店は空だが、これから様々な店が出店されていくだろう。まず手始めとして、アンナの父親で、ポンメルで料理店を営《いとな》むバーグをスカウトした。ローグがその話を持っていくと、バーグはぜひにと、二つ返事で受けてくれた。

ギルド関連は、グリーヴァやザルツ王国から神国アースガルドに変わった段階で、ウルカが本拠地だった魔導具ギルド以外のギルドは一旦機能を停止して、職員が引《ひ》き揚《あ》げている。

ローグとしては早々に城下町の商業施設に移設して運営を再開したかったが、バロワ聖国にある各連盟本部に話を通してからの方が良いと判断し、これはフローラ達に頼んだ。

ギルドが出来たら、それを目当てにまた人が集まるだろう。そしてその人達がこの町で金を落としていってくれたら、町も賑やかになり、潤《うるお》う。

ちなみに、バレンシア達に頼んでいたグリーヴァ王国の兵達は引き続きアースガルドで雇い入れ、主に町の警備などを担当してもらっている。

犯罪者は城の地下にある牢に一時収監し、ローグが城に居る場合はローグ自身が、不在の時は王妃であるコロンが裁きを下す。

犯罪者には厳しい裁きを、とローグに念押しされた際、コロンが実に不敵な笑みを浮かべていたが、皆がそれを見て見ぬふりをした。

頼もしい仲間達の協力もあって、神国アースガルドは少しずつ国としての体裁《ていさい》を整えつつあった。

†

移住希望者達を転移させ終えたローグは、再びノールに戻り、冒険者ギルドにあるギルド長の部屋へと向かった。

「ギルド長、今戻りました。それで、火竜がいる詳しい場所を地図で教えてくれますか？」

「まだ三日だぞ、もう戻ってきたのかよ!?」

「まぁ、竜がいるならあまりのんびりしている暇はなさそうですし、防衛を頑張るローカルム兵にも悪いですから」

「まぁ、そうか……。で、火竜の居場所を示した地図はこれだ」

ローグは地図を受け取り、場所を確認する。ギルド長が示した場所はノールからそれほど遠くない山脈地帯の中心部に位置する火山の火口だった。

「ありがとうございます。案外近いですね。じゃあ、行ってきます」

「あ、ゴッドランクの推薦状《すいせんじょう》を本部に送っておいたから、多分帰る頃には結果が出てるだろうよ」

気が早すぎるギルド長に、ローグは苦笑する。

「まだ火竜を倒したわけでもないのに……」

「いや、お前なら必ず倒してくる。俺には分かるんだよ。伊達《だて》に長い事冒険者を見てきちゃいねぇからな。じゃ、必要ない気はするが……一応、気を付けてな」


冒険者ギルドを後にしたローグは、早速火竜のいる火山へと向かった。

火山の麓《ふもと》までは飛行していく。

そのローグのすぐ側を小型化した水竜のアクアがフワフワと漂《ただよ》っていた。

属性には相性がある。火には水が有効なので連れてきたのだが……

《火竜ねぇ～。こんな近くにいたなんて、私の事好きなのかしら？　やぁね～》

「お前な、頼むから静かにしていてくれよな？　火竜を知ってるって言うから連れてきてやったんだ。もし邪魔するなら帰ってもらうからな？」

《はいは～い。静かにしてる代わりに、お酒……ちょうだい？》

「ああもう……ほら、これ飲んで大人しくしとけよ？」

しかし、この時水竜に酒を渡した事がそもそもの間違いだった。

火山の麓に着く頃には、アクアはすっかり出来上がっていた。

《きゃはははっ！　あっつ〜〜い！　脱ぎたぁ〜い！　あ、私服着てないや！　あはははっ》

（とんでもなくうるさい……。もうコイツ捨てて行こうかな……）

ローグは気を重くしながら火山を登っていた。

アクアは酒瓶を咥《くわ》えながらフラフラと空中を泳いでついてくる。

しかし、ようやく山頂が見えてきたかというその時——水竜が急に真面目な顔になり、スキルを発動させた。

《……っ！　【アクアウォール】!!》

ローグの目の前に、水の壁を展開する。

直後、激しい爆発音と共に、火球が炸裂《さくれつ》した。

「なんだ、今の攻撃に気がついていたのか？　アクア？」

ローグに問われ、水竜は得意気に胸を張り、山頂を見上げながら言った。

《ふふん、私の酒蔵に手を出そうなんて……千年早いわよっ、火竜っ!!》

水竜の叫びに反応し、山頂にいた何者かが声を荒らげた。

《す、水竜!!　何故邪魔をするっ！》

《ふん……この人は私の酒蔵よ！　勝手に殺さないでくれる？　やるなら正々堂々やりなさい！》

《くっ！　面倒な……》

苛立《いらだ》たしげな声と共に、火口から巨大な影が浮き上がり、ローグの前に降り立った。

分厚い筋肉の鎧《よろい》で覆われた全身に炎を纏ったその姿は、見る者全てを圧倒する威圧感に満ちている。

火竜は深紅《しんく》の瞳でローグを睨《にら》みつけながら地響きのような低い声でローグに問う。

《一応聞くが、ニンゲン。何しに来た？　まさか、懲《こ》りもせず今まで来たニンゲンのように我と戦おうと言うのではあるまいな？》

ローグは火竜のプレッシャーなどものともせず、涼《すず》しい顔で答える。

「そのまさかさ。すまないが火竜、今から俺と戦ってくれ。俺が勝ったら従ってもらう。いいな？」

火竜は大口を開けて笑った。時折その口から火が噴き出している。

《くっ……くははははっ！　たかがニンゲンの身で、我に勝つとな？　くはははははっ！　良いだろう、戦ってやろう。次は邪魔させせんぞ、水竜！》

水竜は再び酒瓶を抱え、忠告してくる火竜にこう返した。

《ん～？　ちゃんと戦うなら邪魔はしないわよ。さっさと始めれば？》

《むぅ……相変わらずやる気がないな。そんなだから誰にも相手にされんのだ、貴様は》

その何気《なにげ》ない呟きを耳にした、水竜が突然キレて喚き散らす。

《はぁぁっ!?　されてるしぃ！　モテモテだしぃ!?　火竜だって私の事好きなの知ってるしぃ？》

水竜の物言いに呆れて、火竜もローグも何も言えない。

《はぁ……。ニンゲン、そいつ……どっかに捨ててきてくれないか？　気が散ってかなわん……》

「そこは同感だ……。アクア、黙っとけって言ったろ？　もう酒を出さないぞっ!!」
《はッ――はいっ！　黙ります、黙ります！　今すぐ口にチャックします！　あ、暑いから家出してくんない？　中で飲んでるからさ？》
「だぁぁぁっ！　もうっ!!　連れて来なきゃ良かった……」
さっさとアクアをどうにかしたいローグは、カプセルハウスを出して山頂の隅に置く。
《ん～、じゃあね～》
アクアは酒瓶を傾けながら家に入っていった。冷めた目でその光景を見ていた火竜が、ローグに語り掛ける。
《お主ら……どんな関係だ？　何であんな奴と一緒にいるのだ？》
「俺も分からない。あいつ、古代迷宮にいたからさ、土竜と一緒に行って倒したら、勝手に仲間になったんだよ」
《土竜……？　あやつまでお主の仲間なのか!?》
「あぁ、俺が最初に倒したのが土竜だ。それ以来、土竜とは仲良くさせてもらっているよ」
火竜は驚きを露《あら》わにする。
《お主……ただのニンゲンではないな？　あの酔っ払いの水竜はともかく、防御型の土竜の身体には、並みの人間では傷一つすら付けられぬはずだ。それを倒すとは……》
「あぁ、アースウォールごと身体を貫いたな」
《面白い……お主、火力型か？　奇遇だな、我もだ。さて、お喋《しゃべ》りはここまでにしよう。力を見せ

てみろ！　ニンゲン!!》

火竜は両翼を広げて飛び上がる。その羽ばたきで超高温の熱風が生じ、ローグの周囲に炎が巻き起こった。

《まずは挨拶代わりだ、受け取れ、【ファイアブレス】！》

火竜の口から火の息が放たれ、ローグの視界が真っ赤に染まる。

「【アクアウォール】！」

直後、ローグの足元から水の壁がそびえ立ち、火竜のブレスをことごとく防ぐ。

炎の奔流《ほんりゅう》は水の壁に遮《さえぎ》られ、ローグの身体を焼くどころか、服を焦がす事すらなかった。

さらに、ローグは【神眼】で火竜のスキルを自分のものにする。


スキル【ファイアブレス】を入手しました。

《そ、それは水竜の技!?　何故ニンゲンのお主が使える！》
「伊達に竜を二匹も仲間にしていないって事さっ！　さぁ、次は何だ？　全力で来いよっ、火竜っ！」
《ぐぬぬ、舐《な》めるなよ、ニンゲン！　【ファイアクロー】！》
火竜は自身の鋭《するど》い爪《つめ》に炎を纏わせ、切り裂こうと腕を振り上げた。

スキル【ファイアクロー】を入手しました。

「炎を纏わせた爪攻撃か！　巻き付け、【蜘蛛の糸《くも》】！」

ローグは、手のひらから蜘蛛の糸を出し、火竜の翼をぐるぐる巻きにして機動力を奪う。普通の蜘蛛の糸ならば立ち所に燃え尽きるが、ローグは蜘蛛の糸に土属性を付与しているので、火竜の炎をものともせずにその身体に絡《から》みつく。

《ぐっ！　落ちるっ!!》

翼を封じられた火竜が空中で体勢を崩し、地面に落下する。

「今だっ！　【アクアブレス】！」

ローグが掲げた手のひらの前に魔法陣が浮かび、大量の水が勢いよく放たれる。

《ぬぅっ！　また水竜の技かっ！　はっ、爪の炎がっ！》

火竜は【アクアブレス】を防ごうと腕をクロスしてガードする。巨体が押し流される事はなかったものの、大量の水によって竜の爪で燃え盛っていた炎が消えた。

《くっ、こうも濡れてしまっては仕方ない、奥の手だ。これに耐えてみせろ、ニンゲン！》

そう言うと、火竜は大きく息を吸い込んだ。

先程のブレスとは違い、火竜が大きく開いた口の中で、火炎が高密度に凝縮《ぎょうしゅく》される。

《食らえぃっ！　【火竜の咆哮《バーニング・キャノン》】!!》

灼熱《しゃくねつ》の砲弾が、ローグ目掛けて発射された。

「っ!!　これはヤバい！　直撃したら死ぬっ！　【縮地】っ!!」

ローグは【縮地】を使い、火竜の死角へと逃れる。

爆風が山肌の岩を砕き、石つぶてが舞う中、ローグは火竜を観察した。

「なるほど、一発打ち終わった後少し硬直するのか。すると、弱点は……あれだな」


スキル【火竜の咆哮《バーニング・キャノン》】を入手しました。

《むっ？　燃え尽きたか？　いや、それはないな……わずかだが影が見えた。そこかっ！》
硬直から脱した火竜が、すかさずローグの気配を察知し、【ファイアブレス】で追撃した。
ローグは飛行で空に逃れ、ブレスを躱《かわ》す。そして、ゆっくりと地面に降りた後、あろう事か火竜を挑発しはじめた。
「凄い威力だったが……次に【火竜の咆哮《バーニング・キャノン》】を使った時がお前の最期だ。もう俺にはその技は通じないぞ？」
《ほう？　ならば……試してくれよう……！》
再び火竜の口が大きく開き、熱が凝縮されていくのを、ローグは黙って見守る。
《……食らえっ！　バーニング・キャ――!!》
「【縮地】!!」
砲弾が発射される寸前、ローグは火竜の懐へと飛び込んだ。

「一度見て分かったよ。あまりに高威力だから、自分が爆発に巻き込まれないように射角を調節しているだろう？　つまり、懐に入れば当たらない。それと、発射中は身体が硬直する事もなっ！」

隙だらけになった竜の腹目掛けて、刀ではなく素手で攻撃を放つ。

「食らえ！　体術スキル【浸透勁《しんとうけい》】!!」

これは格闘技術の一つで、衝撃が身体の表面を素通りし、内部に打撃の威力を及ばせる技である。

硬い竜の鱗《うろこ》を通り越し、ローグの打撃が火竜の内臓を破壊する。

《……ごふっ！　お、お主っ……！》

【浸透勁】を打ち込まれた火竜はその場で膝をつく。

「まだ喋れるのか？　まぁいい、だがこれで終わりだ！　はぁっ!!」

ローグは発射直前の【火竜の咆哮《バーニング・キャノン》】の砲弾ごと火竜の口を蜘蛛の糸で無理矢理閉じ、その場から離れる。

その直後、火竜の口の中で爆発が生じた。

《ぐぼぉぉぉっ!!》

火に耐性のある火竜といえども、体内で爆発が起きればひとたまりもない。

力なく倒れた火竜に、ローグがゆっくりと近付いていく。

「俺の勝ちか、火竜？」

口を焼かれて喋れないのか、火竜はわずかにこくっと首で頷いてみせた。

「【エクストラヒール】！」

ローグは敗北を認めた火竜の身体を即座に癒した。
火竜は信じられないとばかりに目を見開き、回復した身体をゆっくりと起こす。
《まさか、回復してくれるとはな。すまぬ……。そして改めて言おう、我の負けだ……》
そう言って、火竜はローグへの服従を示すように小さくなり、目の前で頭を下げてみせた。
こうして火竜との激しい戦いは幕を下ろしたのであった。
ローグは小さくなった火竜を連れて、山頂のカプセルハウスの中へと入っていく。
《あ、終わったの？　お疲れ～。ひっく》
カプセルハウスの中ではすっかり泥酔《でいすい》したアクアが大量の酒瓶と共に転がっていた。
「またお前は昼から酒ばっかり飲みやがって……。その身体ん中どうなってんだ？」
《見たいの？　あははははは。えっち～》
「はぁ……。本当に火口に放り投げてこようかな……」
酔っ払った水竜を見て呆れるローグに、火竜が同調する。
《昔から酒が入るといつもこうだった。相変わらずか……》
《あん？　何か～？　ローグに負けた火竜さ～ん？》
アクアの挑発で、火竜がぶち切れた。
《――っ!!　お前も負けたんだろうが！　この酔っ払いが!!》
《負けてないですー。卑怯《ひきょう》な手でやられただけですー。正面から戦って負けたアンタや土竜と一緒にしないでくれますー？　あははは》

《こいつ……！　バーニング・キャ……》
室内で喧嘩《けんか》を始める二匹を、ローグが慌てて止めに入る。
「やめい！　家が無くなるだろう!?　アクア、お前は一週間酒禁止な」
《え、ちょ!?　何で～!?　お酒がないと私死んじゃうぅぅっ！》
ローグは呆れながらアクアに現実を突きつけた。
「少し控《ひか》えろよ。よ～く鏡で見てみろ？　自分の身体を」
《え～？　何よ……もう》
アクアは室内に備え付けられた姿見に身体を映してみる。そのまま硬直する水竜の青い顔から血の気が抜けて、次第に真っ白になっていく。
《ね、ねぇ……ローグ？　この鏡……歪《ゆが》んでない？》
「全く」
《何か……私……太くなって……ない……よね？》
「五割は増えてるね。特に腹」
ローグが指摘した通り、蛇型の細い竜だったアクアの腹が水風船のようにパンパンに膨らんで、ツチノコに似た見るも無惨《むざん》な姿になっていた。
《あ、あわわわわっ！　な、何で!?》
ローグは溜め息をつきながら諭《さと》す。
「はぁ……。あれだけ毎日酒飲んでツマミに肉食って、その後グースカ寝てたらそうなるだろうよ？　その上働かないし。だからいつも言ってるだろ？　程々にしとけって」
《くっ、くははははっ！　竜が豚になるか！　くはははははっ！　面白いなぁ、水竜よ？》
火竜が大爆笑するが、アクアはそれどころではない。
《わ、笑い事じゃないわよ!?　ど、どどどうしよう!?　ねぇ、どうしよう!?》
「しばらく規則正しい生活と、適度な運動でもしてれば戻るんじゃない？」
アクアはガックリと項垂《うなだ》れるが、自業自得《じごうじとく》だ。
《ところで、ローグよ。先程からあの愚竜《ぐりゅう》をアクアと呼んでいたが……》
へこむアクアを見ながら、火竜がローグに質問した。
「あぁ。土竜や水竜じゃ仲間っぽくないだろ？　そうだ、火竜にも名前をつけようか？」
《うむ……まぁ、好きに呼んでくれて構わんぞ》
ローグは頭を捻って火竜の名前を考える。
「う～ん……火……炎……燃える……バーン、よし。火竜、お前の名前は今からバーンだ。いいか？」
《バーン……バーンか！　良いな。我は今からバーンだ！》
火竜は尻尾を振り回して喜びを露わにする。
その後、ローグは風呂で汗を流し、少し仮眠してからノールの町の入り口へと転移した。

†

アクアはカプセルハウスの中で落ち込んだまま出てこようとしなかったので、ローグはバーンだけを連れて、冒険者ギルドへの道を歩く。

すれ違う住民がバーンを見てざわつくが、小さくなっているので、まさか本物の竜ではないだろうと思ったようだ。

そのまま何事もなく冒険者ギルドへと到着したローグは、ギルド長の部屋の扉をノックした。

「ギルドマスター、いますか？　ローグです。今戻りました」

部屋の中から声がした。

「開いてるぜ」

「失礼します」

ギルドマスターは傷一つないローグを見て、首を傾げる。

「ん？　お前……無傷か？　火竜はどうした？」

「ノーダメージですよ。で、こいつが火竜」

ローグはぬいぐるみでも抱えるかのように抱えていたバーンをギルド長に見せた。

「ず、随分小さいんだな？」

「えぇ。竜達は身体のサイズを自在に変えられるので。驚かせても対処に困るから、今は小さくなってもらっています」

黙って抱えられていたバーンが、ローグに問い掛けた。

《ローグよ、こやつは？》

「ん？　このノールの町の冒険者ギルドのギルド長だよ」

バーンはじっとギルド長を観察する。

《ふむ……吹けば飛びそうだが？　我が火竜だ。今はローグの仲間としてバーンと名乗っている》

ギルド長は腰を抜かして椅子に倒れ込む。

「は、はは。本物か……！　凄ぇな……。大丈夫だろうとは思ってたが、まさかの無傷とは……」

「それより、他に用はありますか？　ないならギルオネス帝国との国境まで行きたいのですが」

ローグに問われたギルド長は、机の引き出しから何かを取り出して手渡した。

「申請が通った。今からお前はゴッドランク冒険者だ。おめでとう」

「随分早いですね？　時間が掛かるかと思っていたんだけど……」

「バロワ聖国からは飛竜騎士が各国に飛んで無事に承認を集めてきたそうだ。どこの国に話しても、神官からお前の名前が出ていたらしい。すんなり推薦が通ったのはそんな理由からだ」

「神のお告げが世界中の神官に届いていたからでしょうね。これでどの国もフリーパスで入れるんですよね？」

「あぁ。ちなみにゴッドランクは世界には数名しかいない上に、そのほとんどの消息がはっきりしていないんだわ。恐らく……新たにゴッドランクとなったお前には、様々な依頼が来るだろう。まぁ、頑張ってくれ」

ギルド長は少し申し訳なさそうにこう告げた。

「まぁ、それで世界が少しでも平和に近付くなら何でもしますよ」

ギルド長は軽く笑みを浮かべた。

「あまり無茶はしないようにな？」

「えぇ、分かりました。じゃあ……お世話になりました。近くに来たらまた顔を出しますね。行こうか、バーン」

バーンはふよふよと飛んで、ローグの肩に乗る。

「あ、そうだ。ローグ、ギルドを出る前に、受付に寄ってギルドカードを新しくしてもらってくれ」

部屋を出たローグは、ギルド長の言葉に従って受付に寄り、職員にカードの更新を頼んだ。

カードを渡してしばらく待つと、奥に行っていた受付の人が戻って来た。

「お待たせしました、ローグ様。こちらがゴッドランクのカードになります。どうぞ」

手渡されたカードは今までのものと違って虹色の光沢があるド派手なデザインだった。

「ありがとう。虹色なのか……これは目立つな」

戸惑《とまど》うローグに、受付職員が微笑む。

「ふふっ。何せゴッドランクですからね、目立ってこそですよ。一目で分かるようにそうなっているのです」

「なるほど、ありがとう。じゃあ、また」

ローグはギルドカードを受け取り、冒険者ギルドを後にした。

建物を出るとすぐに、バーンがローグに話し掛ける。
《それで、ローグよ。これからどうするのだ？》
「ん～、そうだね。とりあえず、今からギルオネス帝国との国境へ向かおうと思う。地図だと歩いて四日くらいかな？　飛べばすぐに着くだろうけど、途中に村もあるだろうし、困っている人がいないか見て回ろうと思う」
《そうか、我は今までは棲《す》み処《か》を探すための移動しかしてこなかった。だから、旅とはどんなモノか、楽しみだ》
「そっか、なら、少し寄り道になるけれど、人助けしながら行こうか」
ローグはノールの町で食材や旅に必要な物資などを大量に買い込み、ギルオネス帝国との国境を目指して出発するのだった。

第二章　異変の元凶

ノールの町から街道を通り、ローグはギルオネスとの国境へと向かっていた。
人間程度のサイズにした火竜を従えていたせいか、野盗や魔物は近付いてすら来ない。
《そう言えばローグ、水ぶ……水竜はどうしてるのだ？　まだあの不思議な家の中にいるのか？》
「あぁ、目下ダイエット中だ。ちょっと空間拡張して、トレーニングルームとサウナを追加させられたよ」
《あやつめ、本当に真面目にやっておるのだろうな？　まぁ、良いか。こうして静かにのんびり旅が出来るからな。……む、ローグ。村が見えて来たぞ！》
話しながらしばらく歩き続けていると、街道の先に小さな村が見えてきた。
「だな。バーン、少し小さくなってくれ」
《うむ。驚かせてはならんからな》
バーンはさらに小さくなり、ローグの肩に乗った。
《これくらいでよいか？》
「あぁ。じゃあ行こうか」

ローグが村へ入ると、村人と思《おぼ》しき老人が声を掛けてきた。

「珍しいな、旅人さんかい？　この先はすぐにギルオネス帝国だぞ？　今は戦争中だから誰も近付かないんだが。まさか……ギルオネス兵に志願するつもりじゃないだろうな？」

武装しているローグを見て、老人が訝《いぶか》しむ。

ローグはその問い掛けに首を横に振る。

「ははっ、それはないよ。ほら、これが俺の冒険者カード。見たら分かるでしょ？」

村人は出されたカードを見て腰を抜かした。

「に、ににに、虹色!?　ゴ、ゴッドランク!?　は、初めて見た……実在していたのか!!」

「最近なったばかりなんだ。それより、この村は何か困っている事はない？　それと、食事が出来て泊まれる場所があったら教えてほしいな」

村人はゆっくりと立ち上がり、尻についた土を払いながら言った。

「困り事か……最近はギルオネス兵も来なくなったしなぁ……。あ、そうだ！　ここから少し南に行った洞窟《どうくつ》で、ゴブリン達が巣を作りはじめたみたいでね。これからノールの冒険者ギルドに依頼を出すところだったんだが……」

「ゴブリンか、それは放っておくとまずいね。よし、ちょっと待ってて」

そう言うと、ローグはカプセルハウスを出して、中にいる水竜に声を掛ける。

「お～い、アクア～？　良い運動が出来そうだぞ？」

《運動!?　何!?　今すぐ教えなさいっ！》

中からアクアが飛び出してきた。

しかし、小型化していないそのままのサイズだったため、村人が驚いて木の陰に隠れてしまう。

「りゅ、竜だぁっ!!」

すぐに救援を呼びに行こうとする村人を、ローグが慌てて宥《なだ》める。

「あぁ、害はないから大丈夫だよ！　ちゃんと俺の言う事を聞くんで、安心して。で、アクア。ここから南に行った洞窟にゴブリンが巣を作っているらしい。好きに暴れてきていいぞ？　殲滅を頼む」

《ゴブリンの巣ね。ふふっ、財宝とか溜め込んでるかしら。行ってくるわ！　一瞬で片付けて戻るから、この村で待ってなさいよねっ！　とぉぉっ！》

アクアは意気込んで南の方へ飛んでいった。

「よし、これで解決だろう」

「ゴッドランクともなると……竜を使役出来るんだなぁ……」

「まぁ、使役というか、竜はちゃんとした仲間だよ。それより、食事と泊まれる場所はあるかな？」

「あ、あぁ。セグレタ村は小さな村で選択肢は少ないが、食堂を併設した宿がある。案内するよ」

村人に案内されながら宿へと向かう途中、ローグは注意深く村を見ていた。石垣が崩れたり家の壁に穴が空いていたり、窓が割れたり、所々に破壊された跡がある。

「ねぇ、あちこち壊れてない？」

「ん？　あぁ。この前のローカルム城襲撃の時に、ギルオネス兵の部隊が駐留してな……。その時酒に酔って暴れやがった。村人も何人か大怪我させられたよ。……くそっ！　何が軍隊だ、あれじゃあ野盗と変わらねえ」

村人は忌々《いまいま》しげに壊れた家を見る。

「なに、怪我人がいるのか⁉　それなら俺が治すから、その怪我人のいる場所に案内してくれないかな？」

「なっ……あんた、治療も出来るのか！　こっちだ、ついて来てくれ！」

村人はローグを村の広場の側にある平屋の建物に案内した。

病院というよりは集会場のような雰囲気《ふんいき》の場所だ。

「ここだ、この建物に集めて治療している。うちの村には治癒師がいないから、薬草とか保存療法で何とかしてるんだが……」

「それは急いだ方がいいね。入るよ？」

建物の中に入ると、多数のベッドが並んでおり、二十人ほどの怪我人が横たわっていた。

「……っ！　……こんなにいるのか」

頭に包帯を巻いた者や、腕や足を石膏《せっこう》で固めている者、様々な怪我人がいた。中には女性の姿もある。

「あの女性は？」

ローグは全身包帯だらけになっている一人の女性に注目した。

「あぁ。旅の剣士さんだ。村で暴れていたギルオネス兵から村人を守るために、立ち向かってくれたんだが……あの通り、返り討ちに遭って、全身大怪我させられちまったんだ……」

勇敢《ゆうかん》だが、女一人で帝国の駐留部隊に挑むとは、なかなか無茶をする。

その心意気に感心したローグは、女性に回復魔法を掛ける。

「じゃあ、この人から治療しようか。【エクストラヒール】！」

温かな光に包まれ、瞬く間に女剣士の傷が癒えていく。

「は？　それは最高位の神官にしか使えない神聖魔法!?　アンタ……何者だ!?」

「ただのゴッドランク冒険者さ。それより……目を覚ましそうだ」

村人が唖然とする隣で、傷の癒えた女剣士がゆっくりと目を開ける。

「ん……んんっ……あれ、私……」

「気がついた？　まだ痛む所はある？」

目覚めた女剣士は見覚えのない銀髪の少年に優しく問い掛けられて、しどろもどろになる。

「や、あっ！　そ、そのっ……な、ない……かな？」

女剣士はどこか人間離れしたローグの美しい顔立ちにしばし見入って……ようやく我に返った。

「……あっ!?　そう言えば私……確か子供を庇って大怪我を……って、あれ痛くない？　な、治ってる!?」

女剣士は自分の腕や頭を触って確かめた後、腕や頭に巻いていた包帯を外し、傷の状態を確認する。

彼女が頭の包帯を外すと、艶やかな赤茶の長い髪がこぼれ落ちた。

革の鎧は痛々しく破損していたものの、その下の皮膚に痣《あざ》や傷跡は一つも残っていなかった。

「確か兵士に囲まれて袋だたきにされたはずなのに……嘘、傷が綺麗に消えてる？」

困惑する女剣士に、村人が説明する。

「この方が魔法で治療してくれたんだよ。アンタが一番重傷だったんだが、治って良かったなぁ。俺達の村のために、すまなかった！」

「いえ、自分から関わったんだしそれは気にしないで。それより、治療……ありがとうっ！」

傷の癒えた女性は早速ベッドから起き上がり、ローグに勢いよく頭を下げた。

「私は旅の剣士で名をジュリアと言います。この度はお世話になりました……。改めて礼を言わせてください。瀕死の私を助けてくれてありがとう！」

それからお互い簡単に自己紹介し、ジュリアはローグより一歳上だと判明した。怪我をした状況を詳しく尋ねようとしたその時、しばらく寝たきりだった彼女のお腹から可愛い音が鳴る。

「はぅぅっ……！　こ、これは……は、恥ずかしい……！」

ローグは照れて赤くなったジュリアを見て笑った。

「ははは。それは元気になった証拠だね。皆を治療したら食事にするから、もう少し待っててくれる？」

そうジュリアに告げ、ローグは一人一人治療を行った。

治療を受けた怪我人達は、皆即座に傷が癒えて元気な姿を取り戻し、礼を言いながらそれぞれの家へと帰っていった。

「よし、完了かな。さ、宿に行こうか。腹を空かせている奴もいるしね？」

ローグに茶化され、ジュリアは顔を真っ赤にして下を向く。

「うぅぅぅっ……！」

「はは、分かった。お二人とも、案内するからついて来てくれ」

村人に案内され、ローグとジュリアは村の宿へと向かう。

二人は到着するとすぐに併設された食堂へと移動して食事をとった。

ローグはパンとローストチキンを頼み、バーンにも骨付き肉を与える。

ジュリアは重傷を負って何日か食べていなかったせいか、物凄い勢いで食べ物をかきこむ。

あまりの食べっぷりに、ローグは自分の食事の手を止めて見入ってしまう。

「あ、あまり見ないでくれるとありがたいんだけど……」

「あ、あぁ。すまない、随分美味《おい》しそうに食べると思ってね。それより、ジュリア。君はどうしてここに？　何か目的でもあるの？」

ジュリアはハンカチで口を拭った後、その質問に答えた。

「私はギルオネス帝国と国境を接するムーラン帝国から各国を回って旅をしていたんだけどね。何でも、このローカルム王国の先に神国アースガルドという新しい国が出来たって噂を聞いてさ。どんなトコか興味があって一度そこに行ってみようかなって……」

ローグの視線が少し鋭くなる。

「へぇ……目的は？　観光ってわけでもないんでしょう？」

「ん～……なんか、新しい国って気にならない？　どんな場所か見てみたいかなってね。それに、神様が認めたっていうそこの王様も気になるし」

彼女が口にした無邪気な理由を聞き、ローグは警戒を解いて笑みを見せた。

「なんだ、ただの好奇心か。ならまぁいいかな。実は俺が今話してた神国アースガルドの国王、ローグ・セルシュなんだよ」

「……え？」

「そしてゴッドランク冒険者でもある。それと、一緒に飯を食っているコイツは火竜で、名前はバーンだ。そろそろもう一匹帰ってきそうかな？」

次の瞬間、食堂の入り口が豪快に開け放たれ、小型化した水竜が飛び込んできた。

《終わったわよ～、ローグ！　ゴブリン皆殺しにしちゃった！　いやぁ……疲れたぁ……。ゴブリンの奴ら……次から次に湧いてきてさぁ……！　キリがないから入り口から水流し込んで、全員溺《でき》死《し》させてやったわっ！》

「駆除《くじょ》したならそれでいいよ。あ、コイツは水竜で、名前はアクアって言うんだ」

予想外の展開に頭がついていかず、ジュリアはしばらく固まっていた。

……数分後、ようやく意識が戻った彼女が、呆然と呟く。

「目の前にアースガルド王……ゴッドランク……それに火竜に水竜……!?　何これ、夢!?　私実はまだベッドの上で死にかけてるとか!?」

「いや、間違いなく現実だよ。何か驚く事ってあった？」

「ありまくりよ!?　まず、王様がこんな所で何してんの!?　普通、玉座に座って国からは出ないんじゃないの!?」

ジュリアが抱く国王のイメージに呆れて、ローグが溜め息をつく。

「どこの愚王だ、それは。俺は王だけど、本来は冒険者だ。それに、神様から困っている人達を救ってくれと頼まれてるからさ。黙って玉座に座っているわけにはいかないでしょ。国は俺がいなくても優秀な仲間達が回してくれる。それに、いざとなったら一瞬で帰れるし。まぁ、とりあえず……飯、食われてるよ？」

話をしているうちに、水竜がジュリアの注文した飯をガツガツ貪《むさぼ》っていた。

「へ？　あっ！　わ、私のご飯がっ！　うぅ～……もう路銀《ろぎん》に余裕がないのにぃっ……！」

ジュリアは金の入った袋を取り出し、金が足りるか計算しながら追加の注文をしようか迷っているようだ。それを不憫《ふびん》に思い、ローグは食事代を自分が払うと申し出る。

「心配しなくてもここは俺が払うよ。遠慮なく頼んでくれ。それと、アクア。人様の物を勝手に食べたらだめだろ？　謝りなさい」

水竜はローグに叱られ、ジュリアに頭を下げた。

《ごめんなさいね？　あんまりお腹が空いてたからつい……。ゴブリンの肉食べる？》

「食事中に気色悪いものを出すんじゃない！」

ローグはアクアの頭に拳《こぶし》を落とす。

一方、ジュリアはローグの提案を真面目に検討していた。

「い、いいえ。大丈夫！　あの、本当に払ってくれるの？　でも年下くんにおごってもらうのも……」

「歳は関係ないでしょ。ジュリアはこの村の人のために戦った勇気ある人だからね。あれだけ大怪我をしたのに無償ってのもさ？　だから、ここは俺が払うよ」

そう言って、ローグはテーブルの上に白金貨を並べて置いた。ジュリアはそれに眉をひそめる。

「……随分なお金持ちね。それってまさか国の税金？」

「バカ言うなよ。これは俺が古代迷宮で稼いだ金だよ。中層くらいでも運が良ければ宝箱から手に入るぞ？　なぁ、アクア？」

《ん～？　まぁ……そうなのかな。私は最下層にいたから他の階層はあまり分かんないのよね～》

金の匂いを嗅ぎつけ、金欠のジュリアが身を乗り出す。

「そ、その古代迷宮って、どこにあるの!?　よかったら案内してほしいんだけど！」

「いや、連れてくのは構わないんだけどさ、ジュリア、君は多勢に無勢とは言えギルオネス兵に負けたんでしょ？　言っておくけど、古代迷宮はもっと危ないよ？　レベルは？　スキルは？」

ジュリアは素直に自分の能力を明かした。

「……レベルは81。所持スキルは【剣術／レベル：4】【索敵《さくてき》】【高揚《こうよう》】よ」

中途半端《ちゅうとはんぱ》なスキル構成で、コロンより弱い。

「そのレベルとスキルだと、恐らく三十階層くらいで限界かな」

ローグはジュリアにハッキリとそう伝えた。

「そんなに危険なの……？」

「あぁ、ハッキリ言って、今の君じゃ連れて行けない。魔法は使える？」

ローグに質問され、ジュリアはモゴモゴと口ごもる。

「うぅ～………いわ」

「は？　何て？」

「うぅ～っ！　使えないわよ！　何一つ！　これっぽっちも！」

この言葉にローグは驚いていた。

（魔法が一切使えないなんて事があるのか？　誰でも体内に魔力を有しているはずなのだが……）

ローグは内心で首を捻りながらジュリアに質問した。

「誰かに魔法を習った事は？」

「あるけど……剣術の方が楽しくて大体サボってたわ。魔法は最初の魔力循環で躓《つまず》いちゃって……それでやる気なくしちゃったのよね」

「サボりって……。はぁ、じゃこの後部屋に来てくれる？　魔法の使い方を教えてあげるよ」

「えっ⁉　ホントっ⁉　行く行くっ！　分かりやすくお願いねっ‼」

自分でも力不足を痛感していたのだろう。ジュリアは頭を下げて懇願《こんがん》してきた。

正直、魔法が使えるのと使えないのでは、戦略の幅が全然違う。それに、魔法による回復が出来れば、多少無茶をしても大丈夫だ。

「そう言えば、ジュリアは一人旅なの？　仲間がいれば別に今魔法を覚えなくても、各自分担すればいいんだけどさ」

ジュリアは死んだ魚のような目でローグに言った。

「あはは、仲間？　何それ……私の身体目当ての糞共なら、国から出た時に撃退したよ。本当、男なんて仲間にするもんじゃないわね」

パーティーメンバーと何かあったのか、ジュリアが不機嫌そうに吐き捨てた。

「あの、俺も一応男なんだけど、いいの？」

ローグに問われたジュリアは、慌てて首を横に振る。

「あ、あなたは私を助けてくれたじゃない。それに年下だし」

「やけに年齢に拘るね」

「そりゃあね。じゃないと私、国王にため口きいてるの許してもらえそうにないじゃない？　それとも……畏まった方がよろしいかしら？」

ローグは何故か寒気を感じ、首を横に振る。

「いや、ため口でいいよ。そもそも俺はそんなの気にしないし」

「そ。知ってた。私の事はジュリアお姉さんって呼んでもいいのよ？」

「はぁ……。ふざけるのはそのくらいにしてくれ。呼び方はジュリアだ。ほら、さっさと食ってしまおう。バーン、アクア、まだ食べるか？」

《《食べる！》》

二匹の竜はそのサイズに見合わぬ食欲を発揮し、再び肉にかぶりつく。

「ははは、程々にな？　食堂から材料がなくなってしまうからさ」

その後、ローグが危惧した通り、奥から料理人が出て来てオーダーストップが掛かった。

料理人が泣きながら〝もう材料がありません〟と懇願してきたので、ローグは申し訳なく思い、少し多めに金を払って労った。


その後、空腹を満たしたバーンとアクアは眠いからとカプセルハウスに入り、ローグとジュリアは宿の部屋で魔法の練習をしていた。

「じゃあ……とりあえず、ジュリアのステータスを見させてもらうよ？」

「え？　見られるの？」

「まぁね。【鑑定】」

ローグはジュリアに【鑑定】スキルを使用した。

名前：ジュリア・アンセム
種族：ヒューマン　　レベル：81
体力：980／980　　魔力：400／400
▼スキル
【剣術／レベル：4】【索敵】【高揚】

「ふむふむ……魔力自体はそれなりにあるじゃないか。これなら使い方を覚えればすぐに魔法を使えるようになるかもね。しかし、よくこれで迷宮に行こうとしたよな。止めなかったら死んでるよ？」

ロークに指摘され、ジュリアは引《ひ》き攣《つ》った笑みを浮かべる。

「あ、あはは。そんなに……酷い？」

「正直、無謀《むぼう》かな。回復手段はどうしてる？」

「普通に体力回復ポーションね」

「まぁそうなるよな。じゃあ……まずは自分の魔力から確認していこうか。目を閉じてくれ」

「……はい」

ジュリアはベッドに腰掛け、目を閉じる。彼女の正面に立ったローグは、ジュリアの頭に手を置き、自分の魔力を流す。

「んっ……何か……ポカポカする？」

「ジュリア、今君の頭へ俺の魔力を流している。それを身体全体に、血液が流れているかのようにイメージして、君の言うそのポカポカを全身に行き渡らせてみて」

「分かった……やってみる。ふぅ～……」

ジュリアはゆっくりと深呼吸しながら、ローグが流している魔力を全身に巡《めぐ》らせるようにイメージする。普通なら出来ない。ここからジュリアは中々に高度な教育を受けてきたと推測される。

「こう……かな？」

ローグは【魔力視】で彼女の魔力の流れを見る。

「そう、その感じ。いい？　手を離すよ？　そのまま、循環を続けてみて」

「分かった。やってみるわね」

ローグはゆっくりと手を離したが、ジュリアは目を閉じたまま、魔力の循環を続けた。

「良い感じだ。きっかけは与えた。後は普段からその魔力の流れを意識出来るようになれば、スキル【魔力操作】を覚えられるはずだ。もう目を開けていいよ？」

ジュリアはゆっくりと目を開け、背伸びして身体の凝《こ》りを解《ほぐ》す。

「ん～っ……ふぅっ。やっぱり難しいわね……」

「出来ない奴は大抵この魔力操作で躓くらしい。魔力操作が出来るようになったら、魔法ギルドに行き、自分の適性を調べてから得意な属性の魔法スクロールを買う。そしてそのスクロールを読めば魔法を覚えられる……はずだ。俺は少し特殊で、その必要がなかったから、詳しくは分からないんだけど」

「特殊？」

ジュリアは首を傾げて尋ねた。

「あぁ、見ただけで覚えられるんだ」

「何それ!?　ズルくないっ!?」

「ははは、まぁ、これはばかりはね？　後は鍛練《たんれん》あるのみだ。ローカルムにも魔法ギルドはあるから、まずはそこに行くといい」

「うっ……でも……私もうお金ないし……」

「冒険者登録してないの？　冒険者なら簡単な依頼を受ければ少しはお金を稼げるでしょ？」

ジュリアは首を横に振って、恥ずかしそうに答える。

「してないのよ。何か、冒険者ギルドって怖そうじゃない？　その、一人じゃ入り辛くてね……」

帝国兵に一人で挑み掛かった女剣士が、ギルドに入るのが怖いとは……ローグは呆れて溜め息をつく。

「じゃあ、明日連れて行くから。今日はもう休め」

「ありがとね。あ、あと実は私部屋取ってなくて……。この部屋で寝てもいい？」

ジュリアは自分の財布をチラチラと気にしながら、ローグに上目遣いで問い掛ける。

「お前なぁ……もう好きにしてくれ。ベッドは君が使って良いからさ」

「よしっ！　これで宿代浮いたっ！　じゃあおやすみぃ～」

そう言ってジュリアはベッドにダイブし、そのまま寝てしまった。何とも無防備で図々しい女で、ローグは頭を抱えたのだった。

†

翌朝、ソファーで寝たローグは身体の凝りを解し、未だに眠り続けるジュリアを起こしに掛かる。

「おい、ジュリア起きてくれ。もう朝だ」

「ん、んん～……？　もうちょっと……寝る……くぅ～……」

「いや、寝るなよっ⁉　ノールに行くぞ、魔法はどうした！」

「んん〜……？　何で〜……へ？　ああ、あなた、何で私の部屋にいるの⁉　ま、まさか……あまりに私が美しいからって、襲いっ……あいたぁっ⁉」

ローグはジュリアの脳天に手刀を落とした。

「バカか、バカなのかお前は⁉　よく思い出せ。ここは俺の部屋だっただろう！」

「へ？」

そう言われてやっと昨夜の出来事を思い出し、ジュリアはわざとらしく笑う。

「あ、あはは。やぁねぇ〜、おほほほほ……」

「はぁ……。もういいから、早く準備しろよ。俺は下で待ってる。いいか？　間違っても二度寝なんてするなよ⁉」

「あ、あはは。だ、大丈夫よ！　た、多分」

と答えたものの……危惧していた通りジュリアは二度寝し、ローグは無理矢理叩き起こして準備をさせる。

昼前には何とか支度が終わったが、予定からは大きく遅れている。

「まったく……もう昼前じゃないか」

「……そうね。じゃあ……さっそくノールへ行きましょう！」

これっぽっちも反省する様子はなく、ジュリアは言い放った。

「そうだな。じゃあ時間ももったいないし、掴《つか》まれ」

そう告げ、ローグはジュリアに右手を伸ばす。

「や、やだぁ……。もしかして手を繋いで歩くの？　もぉ、お姉ちゃんに甘えたいなら最初から……あいたぁっ!?」

ローグは再びジュリアの脳天に手刀を落とした。

「転移するんだよ!?　いいからさっさと掴まれ。お前に付き合ってたら一日終わってしまうわ」

ジュリアは頭をさすりながら尋ねる。

「いたたたた。って、転移？　何それ？」

「行った事がある場所ならどこでも一瞬で行けるスキルだよ。グリーヴァ王国にしか習得方法が伝わっていないスキルだから、覚えるのは無理だぞ？」

「なんかズルくない？　そんな便利なスキル、何で広めないのよ？」

ローグは転移の危険性を語った。

「もし誰にでも転移が使えたら危険だろ？　たとえば……そうだな。王宮に行った事がある奴が転移を使えたら、深夜に王宮に忍び込んで王を暗殺するくらい簡単だ。そうなってしまうと、どれだけの警護が必要になるか……」

「そ、それは確かに危ないわね。そっか……だから秘匿《ひとく》しているのか」

「分かったら早く掴まってくれ。ノールの冒険者ギルドまで飛ぶぞ？」

ジュリアが掴まったのを確認したローグは、ノールの冒険者ギルドへ転移した。

「着いたぞ？　ここがノールの冒険者ギルドだ。さぁ、行くぞ？」

ジュリアが目を開けると、目の前にあったはずの宿屋が冒険者ギルドに変わっていた。

「ほ、本当に転移した!?　凄い……。あ、待ってよー！」

ジュリアは慌てて後を追うが、ローグは一人でさっさと中に入って受付に話し掛ける。

「すまん、コイツの冒険者登録をしたいんだけど……」

「はい、かしこまりました。では、こちらの用紙に必要事項を書いて持ってきてください」

職員から用紙を受け取ったローグは、それをジュリアに手渡す。

「ジュリア、字は書けるよな？」

「もちろん。それ貸してくれる？」

ジュリアはサラサラと必要事項を埋めていく。

(なるほど。やはりただの旅の剣士ではないな。しっかりと教育を受けたように見える。もしかしたら、彼女は良い身分の家に生まれたのかもしれないな)

ローグはジュリアを観察しながら素性《すじょう》に見当を付けていた。

「はい。書き終わったわよ。って何見てるのかしら？　あ、もしかして甘えたくなった？」

「バカを言うな。じゃあ、それを受付に提出して手続きしてこい。俺はあっちで待ってるから」

「お姉ちゃん悲しいわ。はいはい。行ってきますよー」

ジュリアは記入した用紙を持って受付に行った。

それを見ていたローグに声を掛ける人物がいた。ノールのギルド長だ。

「あん？　ローグか？　お前……帝国に向かったんじゃ……」

「あぁ、ギルド長。いや、ちょっと途中の村で面倒な荷物を拾ってしまいまして……」

「村？　あぁ、セグレタ村か。それにしても……荷物？」

「あれです」

ローグは受付で手続き中のジュリアを指差した。

「あん？　荷物って、女か？」

「セグレタ村でギルオネス兵にやられて重傷を負っていた女です。治療したら鍛えてくれと頼まれたんですよ。名前は……ジュリア・アンセムだったかな」

ギルド長はその名を聞き、しばらく思案していたが、だんだんと顔を青くする。そしてローグを隅に連れて行き、小声で耳打ちした。

「ちょっ！　ローグ！　お前……彼女が何者か知らないで連れてきたのか!?」

「ん？　有名人なんですか？」

「はぁ……いいか、ローグ。彼女はムーラン帝国の筆頭貴族のご令嬢《れいじょう》だ。それが何だってこんな場所に……」

その話を聞き、ローグはようやく合点がいった。

（なるほどな。高い教育を受けている印象は間違いじゃなかったようだ。でも、ただの冒険者ならいざ知らず、そんな貴族が何で俺の国を目指してたのか。今夜にでも問い詰めてみよう）

「まぁ、悪いようにはしないので、とりあえず彼女は俺に任せてくれませんか？」

「頼むぜ？　間違っても手は出すなよ？　国際問題になりかねん」

「あり得ませんよ。俺にはもう可愛い妻もいますし。アレは……ないですよ」

それを聞き、ギルド長は胸を撫で下ろす。

「それでいい。あの方は次期王妃になるかもしれないんだからな」

「へぇ……。次期王妃候補ですか」

「あまり言いふらすなよ？」

「分かってますよ。あ、そろそろ終わりそうですね」

ジュリアがやって来るのを見て、ギルド長は一抹《いちまつ》の不安を抱えたままローグから離れた。

「終わったわよ〜？　そんな隅っこで何してるの？」

不思議そうに声を掛けてきたジュリアに、ローグは何事もなかったかのように答える。

「あぁ、ここのギルド長とちょっとね。で、カードはもらえた？」

「ええ。これでしょ？」

ジュリアは真新しいブロンズランクのカードを得意げにローグに見せた。

「ん、よし、これで登録は無事完了だ。今後はもしお金に困ったら、冒険者ギルドで依頼を受けるといいよ」

「分かった。で、次は魔法ギルドだっけ？」

「あぁ。じゃあ、ついてきて」

不安を抱えるギルド長を置いて、ローグはジュリアと外に出た。

二人はその足で魔法ギルドに向かい、ジュリアの適性を調べてもらっていた。

「ジュリアさんの適性は……風ですね。他も覚えられますが、威力は風の半分くらいに落ちます」

検査用の水晶型の魔導具から手を離したジュリアに、魔法ギルドの職員が告げた。

「風か、ジュリアどうする？　風だけスクロールを買っておくか？」

そうローグに聞かれても、魔法が苦手なジュリアはどうすればいいか分からず唸る。

「ん～……どうしたらいいかな？　私初心者だし」

「まぁ、とりあえず、使える属性は多い方がいい。敵にも苦手属性があるし、たとえ弱くても何発か当てれば倒せるからね。初級なら全部買っておいてもいいかな」

「分かった。でも私、スクロールを買うためのお金がないのだけれど……」

相変わらず金欠アピールをするジュリアに、ローグはやれやれと肩を竦め、懐から財布を取り出す。

「お前……いつか金返せよ？　ああ、すみません。初級のスクロール全部ください」

ローグは受付で代金を払い、全属性の初級スクロールを買ってやった。

「頼れるね～、さすが国王！」

「返す気ないよな、お前。まぁ、ノールでの用は済んだし、セグレタ村に戻るぞ？」

ローグは魔法ギルドから出ると、再びセグレタ村に転移し、ジュリアを連れて宿の部屋へと入った。

「よし、ジュリア。早速買ってきた初級スクロールを使ってみろ。【魔力操作】を覚えたから、スクロールを読むだけで自然と魔法がどんなものか分かるはずだ」

ベッドに座ったジュリアが、買ってきたスクロールに目を通す。

「ん。使用、火の初級スクロール！」

ジュリアがそう言うと、スクロールが光を発し、光が彼女の中へと納まった。

「わわっ！　あ、ふ〜ん。なるほどなるほど。こう……あ〜！　うん、覚えた！」

「よし、なら続けて全部使ってみろ」

「りょ〜かいっ！」

ジュリアは買ってきたスクロールを順番に使い、初級魔法を全て覚えた。他人が魔法を身につける姿を初めて見たローグは、興味深く見守ったのだった。

「さて、魔法を覚えたところで、ジュリア。お前に聞きたい事がある」

「ん？　急に何？」

真剣な表情のローグを見て、ジュリアが身を硬くする。

「いいか？　これは真面目な話だ。さっきな、ギルドで聞いたんだが……お前、ムーラン帝国の筆頭貴族の御令嬢なんだってな？　そんな奴が何でこんな場所にいて、しかも俺の国を目指している？　ただの物見遊山《ものみゆさん》であちこちフラフラ出歩ける身分じゃないだろ？　理由によってはこれ以上一緒に行動するわけにはいかなくなる。……おっと、嘘はつくなよ？　その気になればスキルで真偽を確かめられるんだからな」

ローグがプレッシャーを掛けると、ジュリアは大きく息を吐き、ゆっくり話しはじめた。

「あ～あ、案外早くバレちゃったなぁ……。仕方ない、正直に話すから、ちゃんと聞いてね？」

「ああ」

ジュリアは居住まいを正し、ローグに身上を話しはじめた。

「誰から聞いたかは知らないけど、その通り。私はムーラン帝国の筆頭貴族、ダレン・アンセムの一人娘、ジュリア・アンセムよ。旅をしていた理由は……ま、家出ね。あのまま家にいたら、好きでもない……いえ、虫唾《むしず》が走るほど嫌いなムーラン帝国の第一皇子と結婚させられてたのよ。私は、それが嫌で嫌で堪らなかったの。だって、あの皇子……私の事、凄くいやらしい目で見てくるんですものっ……！」

ジュリアは心底嫌そうな表情を見せた。

「なるほど、政略結婚が嫌で国から逃げ出したと。で？　アースガルドを目指した理由は？」

「ムーラン帝国にいる友達の神官が、逃げるならアースガルドが良いってアドバイスをくれたのよ。アースガルドは神様が作った国だから、帝国も手は出せないでしょうって……」

「お前、自分の身分を分かってるのか？　立場を考えろよ。その皇子とやらと揉めて国際問題になったらどうするんだよ……」

「うっ……だ、だって……ぐすっ……」

ジュリアは己の身勝手さへの反省と皇子への嫌悪感から、ついに泣き出してしまう。

「って、泣くなよ……。泣くほど相手の皇子が嫌なのか？」

「ぐすっ……イヤよ。すっごく嫌い！　アイツ、親の力を笠《かさ》に着《き》て威張《いば》り散らすのよ？　城のメイド達にも手当たり次第手を出してるって聞くし……実際被害に遭った人も知ってる……」

「父親は何も言わないの？」

「言えないよ……。相手は次期皇帝だよ？　だから、私は逃げてきた。家も何もかも捨ててね。誰も私の事を知らない、新しい場所で暮らそうって決めたの」

「なるほど。でも、いきなりいなくなったのなら親は心配してるんじゃない？　大騒ぎでそこら中捜し回ってるかもしれないぞ？」

「う……まぁ……それはないとは言えない……かも」

意気消沈《いきしょうちん》するジュリアを見て、ローグは溜め息をつく。

「なら……まず、親に手紙を書けよ」

「なんて書けばいいか分からないよ」

ローグはジュリアの代わりに文章を考えた。

「私、ジュリア・アンセムは国を捨てて旅に出る事にしました。私には人の役に立つ冒険者になりたいという夢があります。今はアースガルドという国で毎日冒険者を目指して修業しています」

「は、はいっ!?」

「私の師匠はアースガルド国王で、ゴッドランク冒険者でもあるローグ王という方です。彼はギルオネス兵に襲われて傷付いた私を治療し、助けてくれました。私もそんな風に誰かを助けられる冒険者になるため、これから師匠の下で精進《しょうじん》する次第です。どうか私のわがままをお許しください。

ま、こんなもんだろ」

「ちょ、ちょっと？　ローグ？　な、何を言ってるの⁉　これじゃ私、本気で冒険者をやらなきゃ……」

ローグは真面目に答えた。

「当たり前だ。あちこち気ままに旅していますなんて書けるか。だが、とりあえずこう書いておけば、無駄に捜されないし、家に戻れとも言われないはずだ」

「なるほど。でもいいの？　アースガルドに迷惑が……」

「今さらだろう？　お前には色々とむしられたからな。本気で冒険者やって返してくれよな？」

「……分かった。なら、本気で私に戦う術《すべ》を教えて。実家に顔を出す時にへっぽこじゃ、手紙は嘘って事になるでしょ？」

ジュリアは覚悟が決まったらしく、力強く頷いた。

「ああ、嘘はだめだね。だから、俺はお前を本気で鍛える。泣き言は聞かないからな？」

「絶対強くなってみせるわっ！　そして……あのクソ皇子をぶん殴ってやるっ！」

「はは、その意気だ。でだな、本格的に鍛えるのはギルオネス帝国を潰してからでいいかな？　早くこの戦争を終わらせたいんだ」

「ええ、それで構わないわ。戦なんて終わらせられるなら早く終わらせた方がいいわ」

すっかりやる気になったジュリアが意気込む。

「だな。さ、今日はもう休もうか。明日は朝から壊された村の修繕《しゅうぜん》だ。それが終わったら国境へ移動する。移動中に魔法を使う事に慣れさせるからな？」

「分かったわ。これからよろしくね、師匠？」

「俺の訓練は厳しいからな？」

その後、二人は別々の部屋で眠りに就くのであった。

†

翌朝、宿を出た二人は村長の家へと向かった。

「失礼します、村長はご在宅でしょうか？」

奥から人のよさそうな老人が杖をつきながら出てきた。

「ワシがこの村の村長じゃが……ほっ、娘さん。怪我が治って良かったのう。ワシらの村のためにすまなかった……」

「い、いえ！　あれは私が勝手にした事なので！　それに……こうして立派な師匠にも出会えましたし！」

「ほっほっほ。それは何よりじゃ。それで、今日は一体何の御用ですかな？」

ローグは、村長の質問に答える。

「俺達、そろそろギルオネスとの国境を目指して村を出るつもりです。その前にギルオネス兵から被害に遭った箇所の修繕と、村を囲う防壁を造ろうと思いまして。その必要がないなら俺達はこのまま村を出ますが……」

「防壁に家屋の修復……有難い話じゃが、ワシらの村は見ての通り貧しくてのぅ、それだけの金を用立てるのは難しいのじゃ……」

申し訳なさそうに首を横に振る村長に、ローグは微笑む。

「お金ならいりませんよ。そうですね、その代わりと言ったら何ですが、神様に毎日祈りを捧げてください。お礼はそれで良いですよ」

村長は驚いて問い返した。

「そ、それだけで？　もしや……あなた様は神官様……ですか？」

「いえ、俺は神の使いです。今は世界を回り、困っている人を助けて回っているんです。ザルツ王国の端と、グリーヴァ王国があった場所にアースガルドという国を造ったので、移住したいならいつでも大歓迎しますよ？　罪人以外は全て受け入れる用意があります。もし、移住希望者がいたらいつでも相談してください」

村長は深々と頭を下げてローグに感謝を示す。

「は、ははぁ〜。かしこまりました。それでは、どうか一つ、村をよろしくお願いいたします」

「分かりました。ジュリア、すぐ戻るからここで待っててくれ。先に防壁を造ってくる」

「防壁なんて、どうするの？」

「土魔法で地面から壁を造り出すのさ。土といっても高圧縮するから、大砲さえ弾くだろう」

「レベルが上がるとそんな事も出来るのね。魔法って凄いわね……！」

「じゃあ、行ってくる」

ローグは村の中心から大空に飛び上がり、上空から村全体を視認し、防壁の位置を検討する。

「ふむ。あまり圧迫感があってもいけないし、厚さと高さは控えめにして……位置はあの辺だな。よし、【アースクリエイト】!!」

ローグが魔法を唱えると、突然地面から壁がせり上がり、村全体を囲む立派な防壁が一瞬で完成した。ローグはさらに、出来上がった防壁の入り口に、罠を設置する。この村に敵意を持って侵入する者が入り口を潜《くぐ》った瞬間、麻痺させて動けなくする罠だ。

壁の敷設を終えたローグが地面に降りると、突然出現した壁を見た村人達が騒ぎ出していた。

「おいおい、地面が揺れたと思ったら、何だアレ!? 立派な防壁が出来てんじゃねぇか!?」

「お～い! この壁、むちゃくちゃ硬いぞ!! 傷一つ付かねぇ!!」

村長とジュリアも家から出てきて辺りを見回す。

「こりゃあ……まさに神の御業《みわざ》じゃぁ……! ありがたやありがたや……」

手を合わせて拝み倒す村長の大袈裟《おおげさ》な仕草に苦笑しながら、ローグが補足する。

「あ、村長。入り口に敵意がある者を麻痺させる罠を設置しておいたよ。麻痺した奴がいたら捕縛《ほばく》してローカルム兵に引き渡すと金になるよ。賞金首ならなおさらだ」

「ほっほ、わざわざすまんのぉ……」

「壁だけじゃ、村の中で起きる犯罪は防げないからね。さ、後は家の修復だ。ジュリア、行くぞ? 良いものを見せてやるよ」

「え、何?」

ローグはジュリアを連れて、壊された家へ向かう。ローグは、崩れた壁にすっと手をかざし、魔法を唱える。

「【リバース】」

直後、時が巻き戻ったかのように壁の穴がひとりでに塞がっていく。

「え？　何これ!?」

「時の魔法だ。物質の状態を元に戻す魔法だよ。これは俺にしか使えない魔法の一つだ」

「一つ……って事は、他にもあるの？」

「まだまだあるぞ？　機会があればまた見せてあげよう。さ、この調子で全部の家を回るよ。昼までに片付けて村を出よう」

「そうね、分かった。村長さんと待ってるね」

「あぁ」

ローグは次々と壊れた箇所を修復していった。室内には破壊された家具もあったので、それも纏めて修復していき、昼前には全部修復し終えた。

すっかり元通りになった村はお祭り騒ぎで、村人全員が防壁に集まり、ローグ達の出発を見送った。

「ありがとう！　またいつでも来てくれよ！」

「そうだ、この奇跡に感謝し、毎年一回、今日を祭りの日にしようぜ！」

「「「賛成っ!!」」」

ローグは慌てて止めようとしたが、村人達はすっかり盛り上がってしまい、不可能だった。

「はぁ、まぁ……また来るからさ、皆元気でな！」

「ありがと、皆！　この村、絶対忘れないから！　またね～！」

こうして二人は村を後にし、いよいよギルオネス帝国との国境へと向かうのであった。

†

ギルオネス帝国とローカルム王国の国境付近。

国境を警備する二人のギルオネス帝国の兵士が、ぼんやりと空を見上げながら愚痴《ぐち》を言っていた。

「あ～暇だなぁ。俺達はいつまでこんな場所にいなきゃなんねぇの？」

「さぁな……。ローカルム城に向かったライオネル将軍からも、ノールで暴れてる奴らからも連絡ねぇしよぉ」

「あぁ～、俺もついて行きたかったぜ。そしたら今頃……うひひひっ」

「気色悪い笑い方すんなよ。しかし、いくらなんでも何も連絡がないって、おかしくないか？」

「ど～せ、ヨロシクやってんだろ？　あ～暇だ……」

そこに、漆黒《しっこく》の鎧を纏った騎士風の男が現れた。

肩に掛かるくらいの金髪で、目付きは鋭く、ただならぬ威圧感を放っている。

「ほう……。そんなに暇なのか？　だったら少し俺と遊んでみるか？」

鎧の男に声を掛けられた瞬間、だらけていた兵達は、すぐさま直立不動の姿勢をとる。

「ゾ、ゾルグ皇子⁉」

「貴様、さっき暇だと言ったな？　ん？」

ゾルグに睨まれ、兵士が竦み上がる。

「い、いえっ！　自分は国境警備兵としての責務をっ……」

「嘘はいい。しかし、どうなっている？　ライオネル将軍はどうした？　そろそろ制圧の知らせが入ってもいい頃なんだが……一向に音沙汰《おとさた》がない。何か知ってるか？」

兵士達は一斉に首を横に振った。

「そうか……ローカルムへ向かった兵も戻っていないのだな？」

「は、はいっ！」

「ふむ……」

何か考え出したゾルグの言葉を、兵達は黙って待つ。少しして、ようやく皇子は口を開いた。

「もしかしたら……ライオネル達は負けたのかもしれないな」

「えっ？　あ、あの将軍がですか⁉　あり得ませんよ⁉」

「絶対にないとは言いきれないだろう。もし、ライオネルを倒した奴がいるとしたら、いずれ必ずこの国境に来るはずだ。少しここで待たせてもらおうか。くくっ」

そう言い残し、ゾルグは一人で兵士の詰所に向かって歩いていった。

皇子が去ったのを見届け、兵士達が小声で言い合う。

「ど、どどどうするよっ⁉」

「知らんわっ⁉　何で皇子自らこんな場所に……！」

「あぁぁ、これじゃあもうサボれねえぞ。早く町に帰りてぇ〜……」

「全く同感だ……」

先程までだらけていた二人の兵は、揃って肩を落としたのだった。

†

セグレタ村を出てから約二日。ローグ達は下級モンスターを相手に魔法の訓練をしながら国境を目指している。

食材は腐るほど買ってあるし、休む場所もカプセルハウスがあるので、二人の旅は快適そのものだった。

「【ファイアーボール】！」

ジュリアの手のひらから放たれた火球が、三体のゴブリンを一気に弾き飛ばす。

冒険者装束《ぼうけんしゃしょうぞく》に身を包んだジュリアは、赤茶の髪をポニーテイルに纏め、革鎧に長剣という身軽な出《い》で立《た》ちだ。

「うん。なかなかいい感じだね。大分魔力操作が身体に馴染《なじ》んだようだ。発動まで早くなってきたね」

「う～ん……。魔力の練り方が難しい」

「まぁ、こればっかりは何回も繰り返して鍛えるしかないさ」

「そうね、頑張るわっ！」

「魔力切れには気を付けるんだぞ？　今日はこの辺で野営しよう」

ローグはカプセルハウスを展開し、戦闘を終えたジュリアに食事を振る舞った。

「悔《くや》しいけど、ローグの料理って美味《うま》いのよねぇ……。はぐはぐ」

ローグが用意したサンドイッチにかぶりつきながら、ジュリアが呟いた。

「まぁね。料理スキルも極めてあるし」

「ローグってさ、何気に出来ない事なくない？」

ローグは紅茶を喉に流し込み、ジュリアの問い掛けに答えた。

「いや、たくさんあるさ。ちょっとスキルを多く持っているだけで、俺は万能じゃないんだよ。今だって、どこかで苦しんでいる人がいるかもしれない。俺はその人達を助けてやれない」

「それは……全て助けるなんて無理だけどさあ。……って、いや、そんなスケールの大きな話じゃなくて！　もっとこう、個人が出来る範囲の話よ」

「ん？　ん～……。そうだなぁ……あ。絵は描けないな」

「絵？　絵画？　ふ～ん……ねぇ、ちょっと何か描いてみて？　はい、紙とペン」

ジュリアは棚に置いてあった紙とペンをローグに手渡した。

「仕方ないな……」

ローグはそれを受け取り、ジュリアを見ながらペンを走らせた。そして待つ事数分……

「出来たぞ」

ジュリアは後ろからローグの描いた絵を見る。

「どれどれ……あら、上手いじゃない！　これ、昼間に倒したモンスターでしょ？」

「いや……お前の顔だ」

「は？　何て？」

ジュリアの額に青筋《あおすじ》が浮かぶ。

「ジュリアの顔を描いたつもりなんだが……」

それを聞いて、ジュリアはぷるぷると震え出す。

「こ、こここ、これのどこが私なのよ!?　一ミリも似てないじゃないの!!」

「だから、苦手だと言っただろう!?」

「それにしても酷すぎる！　あなたの目には私がこう見えるわけ!?」

「……内面を表現してみた」

「むきー!!」

激昂《げっこう》したジュリアは、後ろからローグの首をロックする。しかし、ローグは平然とこれを受け止めた。

「はぁ……はぁ……。な、何で効かないのよ……」

「鍛え方が違うからじゃないか？」

絞め落とすのを諦め、ジュリアは椅子に座りなおす。

「まったく……あなたときたら、少しは芸術に触れて感性を養《やしな》った方がいいわよ？　ど～せ音楽とかも出来ないんでしょ？」

「演奏か？　それなら出来るぞ？」

ローグは『魔法の袋』からアコースティックギターを取り出し、椅子に座って構える。

「何それ？　新種の鈍器？」

「ギターだよ!?　お前こそ知らないのかよ。いいから、黙って俺の歌を聴け！」

ローグは椅子に座りなおし、ギターの弦を一本ずつチューニングしていく。

「よし、いくぞ。これは『森の妖精』っていって、子供の頃に住んでいた俺の村に伝わる曲だ」

ローグは四本の指で器用にアルペジオを奏《かな》ではじめた。

心地よい音色に、ジュリアは思わず目を閉じてうっとりと聞き入る。

イントロが終わり、ローグはそのまま弾きながら歌い出す。ローグの声域は低音から高音まで幅広く、歌もなかなかの腕前だった。

どこかもの悲しい旋律《せんりつ》が郷愁《きょうしゅう》を誘う。

いつの間にか、ジュリアの目尻に涙が浮かんでいた。

「こんな感じだ。どうだった？」

歌い終えたローグが感想を求めると、ジュリアは照れ隠しに視線を外しながら答える。

「悔しいけど……いい曲じゃない。正直、聴いて感動したわ……」

「それは何よりだ。さ、今日はもう遅いから休もうか」

ジュリアはよほど『森の妖精』が気に入ったのか、布団に入ってからもしばらく口ずさんでいた。

ローグはそれを子守唄代わりに、眠りに就いた。

†

翌日、ようやくギルオネス帝国との国境線上の簡易砦《かんいとりで》が見えた。

「着いたぁ！　あれ……むぐっ⁉」

歓声を上げるジュリアの口を、ローグは背後から手で塞ぐ。

「静かに。何か不穏な気配を感じる。少し気配を殺して近付くぞ？　いいな？」

ジュリアはこくんと頷いた。

見える兵士の数は少なく、特に戦闘態勢に入っているわけではないのに、辺りはピリピリとした緊張感で満たされている。

ローグはゆっくりと手を離し、一度街道から外れて林に身を潜めながら門を観察した。しばらく観察していると、明らかにただ者ではない雰囲気を纏った男が一人で出てきた。

何かを警戒するように、しばらく門の上の見張り台から周囲を見回している。

一瞬、ローグ達が隠れている林に目を向けた後、男は戻っていった。

「原因はあの男だな。誰だ？　物凄い威圧感を放っているな……」

その時、ジュリアが息を呑む。彼女はその男に見覚えがあった。

「――っ!? あの人……晩餐会《ばんさんかい》で見た事ある。確か、ギルオネス帝国の第一皇子のゾルグ皇子じゃないかしら……」

「お、皇子……だと？ そんな奴が何故こんな場所に。どんな人物か分かるか？」

ジュリアは過去を思い出しながらローグに語る。

「ん〜、会ったのは四年前で、まだ私が十二歳の時だったかな。彼はその当時十四歳で、大勢の貴族達に囲まれても堂々としていたわ」

「ふ〜ん。で？」

「うん、たくさんの人に囲まれて、一見楽しそうに談笑していたけど、あの人の目は全然笑ってなくてさ……少し怖かった。周りの人達は皆権力に擦《す》り寄《よ》ってくるような人達でね、あの人はそんな人達にまるで興味がないように見えたわ」

「ふむ、なるほど。油断ならない人物みたいだな。少し考える」

ローグは皇子をどうするか考えはじめた。

とりあえず、今この場で捕らえるわけにはいかない。もし皇子を捕まえたら、ギルオネス帝国に戦争の大義を与えてしまう。帝国はなりふり構わず、それこそ相手国を滅ぼす勢いで全ての兵をこの戦場に送るだろう。

「ここで傷を負わせて皇子を退かせるか……？ いや、それも愚策な気がする。一番良い方法は……完膚《かんぷ》なきまでに叩き潰して、プライドをへし折った後に仲間にする……か？」

ローグが口走った考えを聞いて、ジュリアが苦笑する。
「鬼か悪魔か、あんたは……！」
「悪人にとってはそうかも。さて……」
ローグはカプセルハウスからアクアとバーンを呼び出した。
《あら、呼び出しなんて珍しいじゃない。どうしたのかしら？》
《む、敵か、ローグ？》
「急に呼び出してすまないな。俺はちょっとあいつらをどうにかしてくるから、ここでジュリアを守ってやってくれないか？」
《え～？　私も暴れたいんだけど～？》
《水竜よ、ローグに任せておけ。後で腐るほど暴れられるだろうからな。なぁ、ローグ？》
「それは相手次第かな。どうしても戦争をやめないと言うなら、その時はね。じゃあ、ジュリアを頼んだぞ」
《うむ。任された》
ジュリアを竜達に任せ、ローグは単身国境の砦へと向かう。
ごく自然に近付いていくと、門番の一人が苛立たしげに愚痴をこぼすのが聞こえた。
「だぁぁぁっもう!!　いつまでいるんだよ、あの皇子はっ！　こんな辺境でサボる事も出来ねぇんじゃ、やってらんねぇぜ！」
「まったくだ。でもよ、ライオネル将軍が負けたなんて信じられるか？　あの人は帝国でも五指に入るくらい、強いんだぜ？」

「知るかよっ！　どうせデタラメだろ」

国境を警備するギルオネス兵達は、いつ来るか分からない相手に加え、常に近くに皇子がいる事で緊張状態が続き、もはや爆発寸前だった。

そんな場所に、ローグは一人でゆっくりと歩いて近付く。

「ん……？　おい、誰か近付いて来るぞ……」

「あぁん？　こんな時期にギルオネスに来るなんて……あっ！　もしかするとアイツが⁉　おい、すぐに皇子を呼んで来い！」

「分かった！」

兵の一人が急いで詰所へと走り、皇子を呼びに向かう。

門にはギルオネス兵が五人、それぞれ武器を構えて待ち構えていた。ローグが近付くと兵士が大声で叫んだ。

「そこで止まれっ！　ここから先はギルオネス帝国！　貴様、ギルオネス帝国に何の用だ！　用件を言え！　それと、身分が分かる物を提示しろ！」

ローグはそれに平然と答える。

「用件？　俺の用件は……無闇矢鱈《むやみやたら》と戦争をけしかける悪人退治かな。身分証？　これでいいかい？」

ローグは全員に見える様に、ゴッドランクのギルドカードを提示する。

「ゴ、ゴッドランクのギルドカード⁉　それに、悪人退治だと⁉　まさかお前、ライオネル将軍を……」

ローグは不敵に笑って応える。

「もちろん捕まえたよ。一緒にいた兵も全員ね。ライオネル……彼はなかなか立派な武人だった。だが……クズみたいな部下や上司のせいで、今や捕虜の身だ。可哀想《かわいそう》だな」

ギルオネス兵は激昂して襲い掛かってきた。

「誰がクズだっ‼　どうせそのギルドカードだって、偽物だろうがぁっ‼　お前ら……構う事はねぇ……やっちまうぞ‼」

「「「おぅっ‼」」」

ローグは両手に刀を構え、向かってくるギルオネス兵を斬り伏せる。

一人につき一秒。まるで相手にならなかった。ローグは斬られてうめき声を上げるギルオネス兵を見て言い放つ。

「ライオネル将軍より弱い君達が勝てるわけないでしょ？　ねぇ、後ろにいる誰かさん？」

ローグは背後から気配を殺して近付いてくる人物に声を掛けた。

「まったくだ。兵の教育がなっていなくてすまないな。俺はギルオネス帝国の第一皇子、ゾルグ・ギルオネスだ」

いつの間にか、ローグの背後に黒い鎧の男が立っていた。

「部下の非礼を詫《わ》びよう。すまなかったな、ゴッドランクの冒険者よ。名を聞いてもいいか？」

その声に敵意や殺気はなかった。

交渉の余地があると判断し、ローグも自らの地位を明かす。

「俺は神国アースガルドの国王、ローグ・セルシュ。あなたに一つ聞きたい。何故ギルオネスは隣国に戦争を仕掛けている？　理由次第ではギルオネス帝国が滅びる事になるかもしれないからさ、慎重に答えた方がいいよ？」

ローグは険しい表情で問うが、ゾルグは少しも気にせず、平然と答える。

「くっくっく、それは怖いな。理由……？　父が何を考えているかなど、俺には分からないさ。俺は戦争などしたくはないのだがな。一応、皇子という肩書きを持っているから、仕方なく戦場に出ているに過ぎない」

不敵な態度とは裏腹に、平和的な皇子の言葉を聞き、ローグは拍子抜《ひょうしぬ》けする。

「じゃあ、何か？　あなたは戦争には反対の立場なのか？」

「あぁ。戦争など何も生まないし、国が痩《や》せ細《ほそ》るだけだ。せいぜい儲《もう》かるのは武器商人、奴隷商人くらいだ。たとえ帝国が此度《こたび》の戦争に勝っても、ローカルム王国やザルツ王国を統治する体力は残っていないだろう。果たして、誰が得をするのやら……。まあ、もはや俺には関係ないか……」

ゾルグは意味深な言葉を呟きながら自嘲《じちょう》した。

ローグはそんなゾルグの態度が気になって尋ねる。

「もしかして、戦争の原因に何か心当たりでもあるのか？」

「確信はないがな。戦争が始まる少し前に、父がどこからかリューネという側室を連れてきた。それ以来だ、父が変わったのは。金遣いが荒くなり……挙《あ》げ句《く》の果てに国庫にも手を出しはじめ、金が足りないならと、周辺諸国に戦を仕掛けては略奪を働くようになってしまった。兵の質は落ち、国は段々おかしくなっている。遠からず、ギルオネス帝国は滅びるだろう」

ゾルグは顔色一つ変えずに言ってのけた。

「あなたはまともに見えるけど……どうして皇帝の暴走を止められなかったんだ？」

「俺か？　俺はあの側室がどうにも嫌な感じがして気に入らなくてな。父に進言した事がある。だが、その結果遠ざけられてな。しばらく別荘暮らしをしながら各地の戦場を転々としていた。今の俺に出来るのは、兵達が暴走しないように目を光らせるくらいだ」

わずかな会話ではあったが、ローグはゾルグに一国を背負うに足る器《うつわ》を見出した。

そして、ローグの中で一つの計画が組み上がる。

「なるほど。一つ聞くが……ゾルグ皇子、俺の仲間になる気はないか？」

ゾルグはその言葉に耳を疑った。

「待て、今仲間と言ったか？　お前……正気か？　俺は敵国の、しかも皇子だぞ？　いくらお前が王でも、普通誘わないだろう？」

「もちろん、正気だよ。今聞いた話から判断すると、その側室が明らかに怪しい。あなたもそう思っているんでしょう？」

ゾルグはローグに告げる。

「まぁ……な」

ローグは改めてゾルグを誘う。

「ならば、俺は力になれる。なぁ、協力しないか？　もし仲間になるなら、帝国の正常化に成功した場合、あなたを新しい皇帝として認め、統治を任せよう。仲間にならないなら、悪いけどギルオネス帝国は地図から名を消す事になるだろうね。さあ、どうする？」

「言うではないか。しかし、お前一人で何が出来る？　一国を相手取るのは、将軍一人倒すのとはわけが違うぞ」

「一人？　それは違うよ。俺には信頼出来る仲間がたくさんいる。そして守るべき国や民がある。彼らのためにも、帝国を放っておくわけにはいかないんだよ。そういう覚悟でここに来ている」

「なるほど……俺とは違うというわけか」

ゾルグはしばらく黙って考え込み、やがて答えを出した。

「……分かった、仲間になろう。だが、皇帝は辞退させてもらえないか？　実は俺より優秀な弟がいてな、あいつの方が民の信頼もある。俺はこの通り、無愛想《ぶあいそう》だしな、表に立つのは好かん」

「ははっ、確かにちょっと無愛想かな。じゃあ、あなたはその地位を捨ててどうするの？」

「そうだな……諸国を巡る旅でもするさ。俺は帝国の中の狭い世界しか知らない。様々な国や民の暮らしをこの目で実際に見てみたい。お前と一緒に旅をするのもいいだろうな。ダメか？」

「う〜ん……。それは連れ次第かな」

「連れ？　女か？」

「まぁね。今は森で待機している」

と、そこへ、ようやくローグとゾルグの姿に気付いたギルオネス兵が砦の中からワラワラと出てきた。

「ゾルグ殿下！　ご無事ですか⁉」

「ちっ面倒だな……ローグ、付き合ってもらうぞ！」

そう言って、ゾルグは手にしていた両刃の剣でローグに斬り掛かった。

ローグも抜刀し、鍔迫《つばぜ》り合《あ》いを演じる。

「とりあえず、戦いながら作戦を決めようか」

ローグとゾルグは真剣に戦っているふりをして、組み合い、打ち合いながら今後について相談を進める。

「その側室とやらを直接見てみない事には何とも……」

「しかし、お前はもちろん、今や俺も父への謁見は難しい。城への潜入は簡単ではないぞ」

二人の剣戟《けんげき》のレベルが高すぎて、兵士達は遠巻きに取り囲んで見ている事しか出来ない。

「……だったら、こういうのはどう？」

ローグが考えた作戦はこうだ。

ローカルム王国でライオネル将軍を破り、その勢いで帝国に侵入しようとしたローグを、国境の砦に偶然居合わせたゾルグが捕まえる事に成功。その報告と尋問のために、城にローグを連行する。

皇子がそれだけの手柄を挙げたのだから、皇帝としても謁見を断るわけにはいかない。

至ってシンプルな作戦だが、それゆえに疑われにくい。

だが、問題はジュリア達をどうするかだ。

何も説明せずにローグが捕まれば、彼女は慌てて飛び出してくるだろう。しかし、敵兵に囲まれた以上、今更仕切り直す事は出来ない。

真相を黙ったままというのは少し悪い気もしたが、今は他に良い方法が浮かばなかったので、ローグは作戦を決行した。

「頼む、やってくれ。お手柔らかに頼むよ」

「分かった」

ゾルグは組み合いからローグの懐に入り込むと、ローグを背負い投げで地面に叩きつけた。そして、仰向《あおむ》けになったローグの首に剣を突きつけて宣言する。

「誰か、捕縛しろ！　ライオネル将軍を討った奴だ、油断するなよ!!」

「「は、はいっ!!」」

指示を受けたギルオネス兵達がすぐに駆け寄り、ローグの手を縛りはじめた。それを見ていたジュリアが血相を変えて林から飛び出してくる。竜二匹もそれを追って姿を現す。

「ローグっ!!」

「大丈夫だっ！　アクア！　バーン！　ジュリアを連れてアースガルドへ向かえっ！」

地面に転がっているローグを見て、アクアが口を開く。

《本当に大丈夫なのね？》

ローグはこくんと頷いて微笑んでみせる。

《……分かった。ジュリア、バーン。アースガルドへ行くわよ》
「だ、だって！　ローグがっ!!」
《いいからっ！　邪魔になるから行くのっ！　バーン、それ、咥えてきてっ！》
《う、うむ》
火竜はジュリアのマントを咥えて空へと飛び上がった。アクアもそれに続く。
《ちゃんと帰って来なさいよね！　皆待ってるんだから!!》
ローグはアクアにウィンクして応えた。
それを見たアクア達は、急上昇し、国境から離れていく。
「ローグ……ローグゥウウウッ!!」
空にはジュリアの悲痛な叫び声だけが響いていたのだった。

†

ジュリアはバーンに咥えられ、空を飛んでいた。

「ぐすっ……ローグが……ローグがぁぁ……っ！」

あまりに泣き止まないジュリアに苛立ち、アクアがローグの狙いを告げた。

《もぉ～！　いつまで泣いてるのよ？　言っとくけど、アレは演技よ？》

「……え？　演……技？　でも敵に捕まって……えぇぇぇぇっ!?」

ジュリアは状況が理解出来ず、混乱していた。
《私は耳が良いからね、あの二人の会話は全部聞こえていたわ。ローグは皇子と協力して、ギルオネスに乗り込んで元凶を叩きにいったのよ。あなたは足手纏《あしでまと》いになるから、置いていかれたの。まぁ、悔しかったら強くなって見返す事ね》
ジュリアはしばし呆然とした後、突然怒り出した。
「説明が足りなすぎる。泣いて損した。謝罪を要求する！」
《はいはい、帰って来たらせいぜいぶん殴ってやりなさい。ほら、背中に乗りなさいよ。アースガルドまで一気に行くわよ？》
「……はい。お願いします」
ジュリアはアクアに乗り、アースガルドへと向かったのであった。

数時間後、ジュリアはアクア達と共にアースガルドへと到着した。

「な、何この建物……？　全然知らないものだらけで……」

ジュリアは空からアースガルドの町並みを見て驚いていたが、実際に町の入り口から中に入り、改めてその光景に圧倒された。

小型化したアクアが道案内しながら話し掛ける。

《とりあえず城に行きましょ。火竜もね。土竜にも会いたいでしょ？》

《あぁ、そう言えば、奴もいたんだったな。会うのはいつぶりだ？　楽しみだ》

「あ、待って！　私も行くからぁっ！」

何やら美味しそうな屋台があったが、竜達がさっさと城に向かって行ったため、ジュリアは泣く泣く後を追った。

城の前に着くと、ジュリアはさらに度肝を抜かれて立ち尽くした。

「な、なんて堅牢そうなお城なの？　ムーラン帝国の城とは比べ物にならないわ……」

《さ、入るわよ》

「あ、うん……」

アクアに案内され、城内を歩く。

城の内装を見て、ジュリアが感嘆《かんたん》の声を漏らす。

「これで税金取ってないなんて、一体どこからお金が出てるのかしら……」

その問いにアクアが答える。

《あぁ、大体はローグのスキルで創ったのよ、これ》

「ス、スキル⁉」

《そ。神様からもらったスキルってやつよ。ローグはスキルでなぁんでも生み出せるのよ。インチキよねぇ～》

それが本当なら、彼はとんでもない人物だと、ジュリアは改めてローグの凄さを実感する。

やがて一行は城の中庭に到着した。

観賞用の庭というよりは訓練場になっているらしく、あちこちから兵士が打ち合う剣戟の音が聞こえてくる。
するとそこへ、小さな茶色の竜が飛んできた。
《火竜？　火竜ではないか！》
《おおっ!?　土竜！　本当にいたのか！》
二匹の竜は翼をぶつけあって再会を喜んだ。
《どうしたのだ、火竜よ？　まさか水竜にやられたか？》
《いや、ローグだ。完全に負けた。お前もだろ？　土竜？》
《そうか、戦ったのか……。主は強かっただろう？》
《あぁ、まるで相手にならなかったよ。あいつは凄い奴だ》
ローグを褒められ、土竜は我が事のように誇らしげに笑った。
《まぁ、久しぶりの再会だ。酒でも飲みながら積もる話でもしようではないか》
《そうだな、まずはお前が負けた時の話から聞きたいな、土竜？》
《おお、さ、行こうか》
《待って、お酒なら私も交ぜて～！》
竜達はジュリアを置き去りにして、城の中庭にあるカプセルハウスの中へと消えていった。
「ち、ちょっと!?　私はどうすれば!?」
そこに、ちょうど訓練をしようと剣を提げたコロンとミラがやって来た。
「あら？　見ない顔ね？　どちらさま？」

「あ……か、可愛い……」

これがジュリアの終生の友となるコロンとの初めての邂逅《かいこう》となる。

†

その頃、ローグはというと……

帝都へと続く街道を、ゾルグと二人で歩いていた。

「なぁ、ゾルグ？　砦にいた兵士達は全員気絶させたまま放置してきたけど、よかったのか？」

「ああ。あんな不真面目な兵は必要ないからな。正直に話すが、奴らを観察していて分かったよ。仕事は全くやる気はないし、常にゲスな事ばかり考えている。実に嘆《なげ》かわしい……」

ゾルグは兵の質の劣化を嘆いた。

「ま、ゾルグがいいなら俺は何も言わないよ。これはギルオネス帝国の問題だし。だけどさ、俺の移送は手を縛るだけで大丈夫なの？　もし俺が魔法を使ったらどうするのさ？」

ローグは縛られた自分の腕をゾルグに見せながら笑う。

「どうせ無詠唱で放つんだろ？　猿ぐつわなんて意味ないさ」

「ははっ、分かっていたか」

「まぁ……俺もやるからな」

どうやらゾルグも魔法の心得があるようだ。しかも無詠唱まで習得しているとは、なかなか油断ならない男だと、ローグは感心した。

「それより、後どれくらいで帝都に着くの？　まだ結構距離がある？」

「ん？　疲れたか？　そうだな、このままの速度でしかも歩いて行くとなると、帝都ガイオスまでは二日だな」

「二日か、結構あるな。途中休む場所はある？」

「ない。一つ小さな村はあるが、俺の顔は知れ渡っているから、泊まるのは難しいだろう。こんな場所に皇子をお泊めするわけには〜……ってやつさ。ははっ」

「なんか、パッと見は恐そうな雰囲気だけど、お前も冗談を言うんだな。ははっ、面白い」

二人は談笑しつつ、帝都を目指し歩いていく。

途中、馬に乗ったギルオネス兵を見つけたゾルグは〝罪人を連行するために使う〟と言って、馬を接収した。おかげで徒歩よりも移動速度が上がり、全体の半分の行程を消化出来た。

ゾルグはローグを乗せて馬を駆りながら感慨《かんがい》に浸る。

(この俺が誰かと馬に乗るとはな……。弟が見たら腰を抜かすに違いない)

ゾルグはしっかりと手綱《たづな》を握り、馬を走らせるのだった。


しばらく移動するとやがて夜が更けてきたため、二人はこの日、街道から少し外れた林の中で休む事にした。林に入ると二人は馬から降り、手の拘束を解かれたローグがカプセルハウスを出す。

ゾルグは、感心した様子でカプセルハウスの外観を眺《なが》める。

「ほう、これは凄い。野営はテントが基本だと思っていたが、こんな便利な物があるのだな……」

「古代迷宮で拾ったんだ。さぁ、中で晩飯にしよう。ゾルグも食べるだろ？」

ローグが扉を開けゾルグを招く。ゾルグは外観からは想像出来なかった中の広さを見て、興味深そうに室内を見回している。その間にローグはキッチンに立ち、二人分の夕食をサッと作り、テーブルで待つゾルグの前に並べていった。

「ローグは料理まで出来るのか。しかも、やたら美味そうだな」

「ま、俺もスキルに頼りきりだけどね。……はい、出来た」

テーブルの上に並んだのは、ミルクシチューに焼いたソーセージ、バゲット。シンプルで家庭的な料理だったが、ゾルグにはかえって新鮮だったらしい。

「頂こう。……う、美味いっ！　シチューの濃厚さをバゲットが良い感じに和らげ、パリッと焼かれたソーセージがまたシチューを口に運ばせる。こんな美味い物は食べた事がないぞ!?」

ゾルグの料理を口に運ぶ速度がどんどん加速していく。

「そりゃどうも。酒もいるかい？」

「む？　ワインがあればぜひとも頂きたいのだが」

「護送中なのに、いいのかい？」

「職務はこの家に入った瞬間に終わっているからな」

ローグはキッチンにあるワインクーラーからボトルを一本抜き、デキャンタージュしてからゾルグのグラスに注ぐ。

「ほう？　よく知っているな？　お前も飲むのか？」

「いや……うちのドワーフ達が酒にうるさくてな……」

「ははっ、なるほど。ドワーフか。それなら納得だ。どれ……」

ゾルグはスッと一口ワインを口に含むと、ゆっくりと舌で転がし、飲み込んだ。

「ふ～む……年代物か。少しエグみがあるが、香りが良い。もっともらえるか？」

「おいおい、一応俺の護送中だぞ？　程々にな？」

ローグが忠告したにもかかわらず、ゾルグは早々に一本空けてしまった。

「む？　もうないのか？」

「お前……大丈夫か？」

「晩餐会があれば飲まされるからな、酒には慣れている。だが、こんな美味い料理とワインは初めてだ。つい酒が進んでしまう。感謝するぞ。ははっ」

ゾルグの顔は大分赤く、随分上機嫌になっていた。

しかし、酒宴をするにはまだ片付けねばならない事が多かった。自分の分を食べ終えたローグはゾルグを窘《たしな》める。

「続きは国が落ち着いてからな？　明日も移動だ。そろそろ風呂入って休もう」

「風呂？　風呂まで付いているのか。よし、裸の付き合いといこう。これから互いに命を預ける事になるのだからな」

「やれやれ、仕方ないな」

ローグは苦笑しながらもゾルグと風呂に入り、シャワーなどの使い方を説明してやった。

湯船に浸かったゾルグが、伸びをしながらしみじみと呟く。

「何もない林のど真ん中で温かい風呂に入れるとは思わなかったぞ。野営用というより、これはもう立派な家だな。ずっとここに住んでもいいくらいだぞ」

「これを作った古代人は、きっとそういう便利さにこだわってこれを作ったんじゃないかな。今じゃ想像しか出来ないけどね」

風呂に浸かりながらゾルグはしみじみと呟いた。

「しかし、こんなに楽しい夜はいつぶりだろうか……。久しく誰かと話して笑うという事を忘れていたよ」

「別荘では一人だったのか？」

ローグに質問されたゾルグは、少し寂《さみ》しげな笑みを見せる。

「小さい頃から、どこにいても一人みたいなものさ。使用人はいたが、誰も彼も俺の顔色ばかり窺ってな。こんな風に気楽に言い合える奴なんて、弟以外ではローグ、お前が初めてかもしれん。大した奴だよ、お前は……」

面と向かって褒められたローグは照れ笑いを浮かべる。

「随分過大な評価だなぁ。だけど、そっか。これからもそんな気楽な関係が続くといいな。そのためには、ギルオネスを健全な状態に戻さないと……」

ゾルグが真剣な表情で頷く。

「ああ。間に合うと良いが……」

そうして決意を新たにした二人は、風呂で旅の疲れを存分に取り、眠りに就いたのであった。

†

翌朝、ローグが目を覚ますと、ゾルグの姿が見えなくなっていた。

「ゾルグ!? まさか……」

一人で出て行ったのではないかと思い、慌てて飛び起きたローグだったが……足元を見て驚いた。

ゾルグがベッドから落ち、平然と床で寝ていたのだ。

「ぷっ、ははは！ ゾルグ、朝だ。そろそろ起きろ」

「……ん、もう……朝……か。ふぁぁ……」

眠そうに頭を掻きながら、ゾルグが起き上がる。

「お前、寝相《ねぞう》が悪かったんだなぁ。ベッドから落ちていて驚いたぞ」

呆れるローグに、ゾルグは肩を竦めて応える。

「家のベッドは広かったからな。俺だって、ベッドから落ちるなんて初めての経験だ」

「狭くて悪かったな！ もし、次の機会があったら、部屋一面ベッドにしてやるわ」

「それは素晴らしい。ぜひお願いしよう、ははっ」

「冗談が通じない男だな……。まぁ、いいか。朝飯食ったら出発しよう。今から馬を飛ばせば、昼頃には着くだろ？」

「そうだな。だが、帝都に近付くといつ兵士に出くわすか分からない。手を縛らずに馬に乗せるわけにはいかないぞ」

「問題ないよ。落ちそうになっても空を飛べるし。ゾルグが馬を操ってくれれば、スピードは関係ない」

ゾルグは着替えながら感嘆の声を漏らす。

「大した度胸だな。ならば遠慮なく最高速で向かうぞ？　一刻も早く決着をつけたいからな」

帝都を目前にして焦るゾルグを、ローグが宥める。

「焦りは禁物だぞ。そんなに国が心配なのか？」

「いや……弟が心配だ。あの女に何かされてなければいいが……」

ゾルグの脳裏に側室の顔が浮かぶ。

「その女の力が魔法だったら解除出来るだろうけど……スキルだったら、見てみないと分からないな……」

「迷惑を掛ける。すまんが頼らせてもらうぞ、ローグよ」

頭を下げるゾルグに、ローグは笑顔で首を横に振る。

「気にするな。一緒に飯も食ったし、風呂にも入った。夜も一緒に寝た仲だから、俺達はもう友だろ？　友を助けるのに理由はいらない、違う？」

そうローグに言われたゾルグは、おかしくてたまらないといった様子で噴き出す。

「友？　……ふふっ、ふはははっ！　友か……！　良いな！　この俺に友かっ！　くっ、ふははっ！　だが、お前のような男なら悪くはない。弟のマルコも驚くだろうなぁ……」

「えっ？　そんな笑うところあった？」

「ははっ、気にするな。さぁ……早く朝飯を食べて出発しよう、友よ」


朝食を終えた二人は、馬を駆って最高速で帝都を目指す。

ゾルグが手綱を取り、昨日とは違いローグは縛られたままその後ろに跨《また》がっている。

ローグはこの状態でわずかに空中に浮かんでおり、手を縛られていようが、腰を縄で繋がれていようが全く問題がなかった。

ゾルグの操る馬は疾風の如く街道を駆け抜け、途中ですれ違ったギルオネス兵達を驚愕させながら、ついに帝都近郊へと到着した。

「見えたぞ、ローグ。あれがギルオネス帝国の帝都ガイオスだ」

「あれが帝都ガイオスか……」

前方に高い城壁に囲まれた大都市が見えてきた。

中の様子は窺えないものの、その圧倒的な規模は分かる。

ゾルグはそこで馬を降り、ローグをしっかり拘束しなおした。

「よし、ここからは相談した通りの手筈《てはず》でいくぞ。まず、俺がローグを捕縛した体《てい》で城に引っ張っていく。そのまま直接謁見の間まで行き、父と面会する。おそらくリューネが近くにいて、何か口出してくるはずだから、お前はそいつを見極めてくれ。場合によってはその場での殺害も辞さない。いいな？」

「連行の途中で邪魔が入る可能性は？」

「そこは皇子の肩書きでどうにかする。だが謁見の間からはお前が頼りだ、ローグ。何でもいいから必ず奴の尻尾を掴んでくれ。頼むぞ？」

「あぁ、一応俺にはスキル【全状態異常無効】がある。そいつが何かしてきても俺には効かないよ。もし未知のスキルだった場合は、少々手間取るかもしれないけどね」

「……任せたぞ。以後は罪人として扱うから、そのつもりでいてくれ」

この作戦は失敗すればローグはもちろん、ゾルグも反逆者として処刑は免《まぬが》れない危険な作戦ではあったが、二人には一切の迷いはなかった。

ゾルグは再び馬に乗り、腰に縄を掛けたローグを歩かせて、帝都の入り口である巨大な門へと歩を進める。

門の両脇には門番が立っており、侵入者に睨みをきかせていた。

「止まれ！　身分証を……っと、これはゾルグ皇子でしたか、失礼しましたっ！　後ろの者は？」

門に近付くローグ達を発見した門番が制止するが、すぐにゾルグに気付いて敬礼した。

ゾルグはローグを繋いだ縛を軽く引っ張って門番に見せる。

「今戻った。ローカルム王国への侵攻が進まなかった元凶を捕まえてきた。どうやらこいつがライオネル将軍とその部下達を破り、捕虜にしたらしいのだ。なので俺は今から皇帝の下へこいつを連れて行き、裁きを受けさせる。通っても構わんな？」

ゾルグはわざと縄を強めに引いてローグをよろめかせる。

意図を察したローグは、ゾルグの芝居に乗って反抗的な目で彼を睨んだ。

「くっ……。さっさと殺せっ……！」

「黙ってついてこい。また殴られたいか？」

「くそっ……！」

「というわけだ。通るぞ？」

すっかりこの茶番を信じ込んだ門番が、道を空ける。

「はっ。護衛をおつけしましょうか？」

「いや、不要だ。街中で騒ぎを起こしたくない」

「分かりました。お気を付けて！」

「ああ」

門番を適当にあしらって門をくぐったゾルグは、ローグを引っ張りながら城へと向かって歩いていく。

「しっかりついてこいよ？　殺されたらたまらん（ギルオネス兵が）」

「こんな状態でか？　情けないな（ギルオネス兵が）」

二人は内心で笑いながら大通りを進み、城を目指す。

ローグは歩きながら町を観察していた。

ガイオスは帝国の中心たる都だというのにもかかわらず、どこか活気がなかった。

規模の大きな商店や酒場、劇場など、帝都に相応《ふさわ》しい豪奢《ごうしゃ》な施設が立ち並ぶ一方、道行く人々は皆俯《うつむ》きがちで、まるで生気が感じられない。

道端に座り込む人や、ボロボロの衣服を纏った人も数多く目につく。

町のあちこちには武装した憲兵が巡回しており、町の人々はその目を避けるように足早に通り過ぎる。

そんな中ローグ達は、貴族か豪商と思《おぼ》しき派手な身なりの男が、粗末な服に首輪をつけた男女を連れて練り歩く一行とすれ違った。彼らを横目で見ながら、ローグが呟く。

「奴隷……か」

「ああ。我が国には奴隷制度があるからな。しかしローグ、お前が奴隷落ちする事はないだろう。罪状を考えれば、死刑か……あるいは、お前、綺麗な顔してるから、あの女の玩具《おもちゃ》にされるか、どちらかだな」

「うわぁ……それなら死刑でいいよ。ま、簡単には死んでやらないけどね」

「くっくっ、せいぜい気を付けてくれよ。……さあ、見えたぞ、あれが城の入り口だ」

そうやって冗談を言い合っているうちに、正面に城が見えてきた。

戦を想定した堅牢な造りの城で、幾重《いくえ》にも城壁が張り巡らされ、四方に高い見張り塔がそびえ立っている。

城の入り口には、重武装の衛兵が二人、武器を構えて守りを固めていた。

ゾルグを見た衛兵は、即座に敬礼して迎える。

「お帰りなさいませ、ゾルグ殿下！　お戻りになるとは伺《うかが》っておりませんが……」

「あぁ、罪人を捕らえたので、急遽《きゅうきょ》な」

衛兵にそう告げ、ゾルグは縄を軽く引っ張った。

「その男ですか？　しかし、殿下自ら引き立ててくるほどの罪人とは、一体……」

衛兵がローグに訝しげな視線を向ける。

「こいつはライオネル将軍を破り、ローカルム王国侵攻を邪魔していた不届き者だ。調子に乗って国境の砦にやってきたのでな、ちょうど居合わせた俺が捕縛して裁きに掛けるために連行してきたのだ。すぐに皇帝と謁見の準備をしてくれ」

「なっ⁉　わ、分かりました。お通りください！」

「ああ、ご苦労。行くぞ、来いっ！」

「くっ……」

ゾルグがローグを引っ張って城内に入ると、すぐに衛兵がやって来て、警戒のために周囲を固めた。

城内を歩くゾルグの姿を見ると、使用人達は壁際《かべぎわ》に避け、頭を下げる。

城を出たとはいえ、皇帝の血族の権威は絶大なようだ。

本来なら、謁見の準備が整うまで控えの間で待つ段取りだが、ゾルグは途中わざと遠回りして、ローグに城内の様子を確認させる。

ローグが見た限り、城内におかしな部分はなく、兵士や使用人の中に怪しい者はいない。

だが、うっすらと魔力の残滓《ざんし》が漂っており、何らかの魔法か魔導具の効果が発動している気配があった。そうなると途端《とたん》にこの状況すら怪しく思えてくる。全てはその女の手のひらの上ではないかと、ローグはさらに注意深く城内を観察した。そこにゾルグが歩きながらローグの縄をきつく締めるふりをして近付き、小声で問い掛ける。

「どうだ……何か怪しい部分は見つかったか？」

ローグも衛兵に聞こえないように声を潜めて答える。

「まだ確証は持てない。ゾルグ、この城は結界とか魔法的な防御は施《ほどこ》しているのか？」

「いや、緊急時はともかく、平時にそういう処置はしていないはずだ」

それを受けローグは自分の考えをゾルグに伝える。

「だとすると、現在進行形で精神操作系の魔法が使われている可能性がある。わずかだがあまり良くない魔力をすれ違う者達から感じる。俺達もあまり長くここにいると影響が出てくるかもしれないな」

「むぅ、それはまずいな……対処出来そうか？」

「これがゾルグの言う女本人の仕業《しわざ》ならね。けど、もしこの効果の元が魔導具の類《たぐい》だとすると本体を破壊する必要があるから、位置を特定しない限り難しい。まず、謁見中にこっそりと【アンチマジック】の魔法を試す。それで変化が見られなかった場合は、悪いがどうにかして俺を地下牢かどこかに一日入れてくれ。その間に必ず探し出して破壊する」

「分かった。……しばらくこの部屋で待つぞ」

控えの間で三十分ほど待っていると、謁見の準備が整ったと使用人がゾルグ達を呼びに来た。

衛兵が重厚な扉を開け、中に入るように促す。

謁見の間の壁面は磨き抜かれた白い大理石で、所々に金細工の装飾が施されている。

入り口から奥の一段高い玉座までは毛足の短い絨毯《じゅうたん》が敷かれ、その両脇に近衛兵《このえへい》が彫刻のように整然と並んでいた。それを見てローグは確信する。

（やはりこれは操られているな。衛兵の目に生気がない）

中央の玉座には、赤いローブを羽織《はお》った皇帝と思《おぼ》しき人物が座っており、その隣に若い男と妙齢《みょうれい》の女の姿がある。

ゾルグの弟のマルコと、皇帝の側室のリューネだろう。

女が身に纏うドレスは血のように鮮やかな赤色で、透き通る白い肌と、ぬばたまの黒髪のコントラストを際立たせていた。

確かに美しい女で、肌の露出が少ないにもかかわらず、全身から色香《いろか》が滲《にじ》み出ている。しかし、それだけで皇帝を骨抜きにして国を傾けるほどとは、ローグには思えなかった。

ローグは女に【鑑定】を掛けるが……ステータスに異常な点は見当たらない。

ローグの【鑑定】は最大レベルなので、大抵の【隠蔽《いんぺい》】や【偽装《ぎそう》】スキルは見破る事が可能だ。

しかし、ローグのステータスに父が施した種族を偽る特殊な偽装のように、通常の【鑑定】では看破出来ない手段も存在する。

ローグはこの鑑定結果にも警戒を緩めず、怯えるふりをしながらキョロキョロと室内を見回し、中にいる者達を確認した。

ゾルグはローグに一瞬目配《めくば》せをすると、縄を引っ張り、皇帝のもとへと連れて行く。

そして自信満々の様子で口を開いた。

「父上、ただ今戻りました」

「……うむ。崩して良い。して、罪人を捕らえたと聞いたが、そやつか？」

「はい、この者こそ、ローカルム王国にて我らが侵攻を阻《はば》み、ライオネル将軍を捕らえた不届き者であります。名はローグ。神国アースガルドの国王などと僭称《せんしょう》しておりますが…… いかがいたしましょう？」

「ふむ、大儀《たいぎ》であった」

ギルオネス皇帝は蓄えた髭《ひげ》を指でなぞりながら、ローグに目をやる。

その瞳にはまるで生気がなく、国を脅かす仇敵《きゅうてき》を前にしてもほとんど興味がなさそうだった。

「アースガルドか……知らぬ国だな。しかし、たとえ王とて、わがギルオネス帝国に楯突いた罪は重い。最期に何か言い残す事はあるか？」

ローグは口を開いた。

「皇帝陛下。死ぬ前にいくつか質問してもよろしいでしょうか」

「……なんだ。申してみよ。冥土《めいど》の土産《みやげ》に答えてやろう」

「なぜギルオネス帝国はこのような無益な争いを起こしたのでしょう？　たとえ戦争に勝利し、領土が広がったとしても、それが帝国にとって益になるのでしょうか？　度重なる戦でこの国は限界まで疲弊《ひへい》しています。兵の風紀は乱れ、帝都の民からはまるで生気が感じられません。新たな領土を真っ当に統治出来るのでしょうか？　あなたは今の自国の民の姿を知っておられますか？」

ローグの問い掛けに、皇帝は表情一つ変えず、淡々と答える。

「知らぬな。国は皇帝のものだ。民をどう扱おうと我の勝手だ」

その答えを聞き、ゾルグが顔を歪めた。

ローグは会話を続けながら皇帝にも【鑑定】を掛ける。すると、皇帝の状態が【魅了】となっている事が判明した。

「なるほど。国が疲弊するわけだ。この国は性質《たち》の悪い病魔に侵《おか》されているようですね」

側室の女がクスリと口角を歪め、皇帝に抱きつく。

「生意気な子……。そいつ、あなたの兵をたくさん殺したのでしょう？　たっぷり苦しめてから殺してあげないと。あなたは世界の覇者になるべきお方よ？　楯突くとどうなるか、しっかり教えてあげましょう？」

「おお、そなたの言う通りだ。おい、その者を地下の拷問部屋に連れていけ」

「「「はっ！」」」

王の命を受けた衛兵がローグに近付く。そこでローグは口を開いた。

「【アンチマジック】」

ローグがそう唱えた瞬間、謁見の間に魔法の光が広がる。

　すると、突然側室の女が苦しみ出した。

「きゃぁぁぁっ！　くっ、あっあぁぁぁぁあっ!!」

　女が苦しむのとは対称に、皇帝やその場にいた衛兵らは目に光を取り戻し、辺りを見回していた。

「な、何じゃ!?　い、一体何が起きて……」

「あれ？　俺今まで何してたっけ？」

「あ、頭がいてぇ……。最近の記憶が抜け落ちているみたいだ」

　そんな中、正気に戻った幼い皇子がゾルグの姿を見つけて叫んだ。

「あ、あれ？　あ、兄さんっ!?　どうしてここに？」

「マルコッ！」

　ゾルグが弟に駆け寄ろうとする。だがその時、あの美しかった側室の女が黒い靄《もや》に包まれ、徐々に変化しはじめる。

　やがて現れたのは、カラスの羽のような黒い衣服に身を包み、爛々《らんらん》と光る瞳を持つ異様な女。ソレは、明らかに人間とは異なる姿だった。

　皇帝とマルコは魅了の後遺症か、まだ何が起こったか正確に把握出来てはいない様子で、呆然とその場に立ち尽くしている。

「ゾルグ！　何をボサッとしている！　皇帝と弟を連れて早くこの部屋を出ろっ！　アイツの相手は俺がするっ！」

　ローグの叫びに、ゾルグが遅れて反応する。ゾルグもこの異様な雰囲気に呑まれていたようだ。

「わ、分かった！　父上、マルコ！　こっちだっ！　早くっ！」

ゾルグは皇帝と弟を連れて逃げ出そうとするが、リューネはそれを阻止すべく腕を振るう。

「さ……せないわ……ぁぁぁっ！」

変化した腕を振り上げて、マルコに襲い掛かる。

「う、うわぁぁぁっ！」

「マルコッ!!」

マルコの悲鳴とゾルグの叫びが重なる。

ローグは移動しながら自分を拘束していた縄を外し、ゾルグの弟に伸びた腕に短剣を投げつけ、マルコと皇帝が側室から離れる時間を稼ぐ。

「お、おのれぇっ……！　邪魔をするなぁぁぁっ！」

側室の女は叫びながら腕に突き刺さった短剣を抜き、床に放り投げる。その傷口からは明らかに人間のものではない色の血が流れていた。しかも、傷口はすぐに消えていく。

「何をしている！　早く行けっ！」

そう叫びながら、ローグはさらに複数の短剣を投擲《とうてき》し、側室だった何かの腕に突き刺す。同時に、後方宙返りで距離を取り、無事合流したゾルグ達を背に庇うように前に立つ。

「助かるっ！　マルコ、父上、ここを離れようっ！」

「は、はいっ！」

「し、しかし……リューネが……」

渋《しぶ》る皇帝を、ゾルグが一喝《いっかつ》する。

「父上、まだそんな事を！　よく見てください、あれは人のフリをして我が国に入り込んでいたバケモノです！　さあ、早くこちらへ！」

「う、うむ……」

皇帝とマルコを先に行かせたゾルグは、扉の前で振り向く。

「ローグ！　俺は扉の外で待つ、死ぬなよっ！」

「分かってる！　早く行けっ！」

ゾルグが重厚な扉を閉めると、謁見の間にはローグとリューネ、そして正気を取り戻した近衛兵達が残った。

「ちっ、この腕は、もう使えないわね……」

そう言うと、リューネは短剣が刺さって動かなくなった腕を自ら引きちぎった。

しかし、どういうわけかリューネの傷口から血が出る事はなく、代わりにその傷口から真新しい腕が生えてきた。どうやら再生能力もあるらしい。厄介な相手だ。

近衛兵達はリューネの異様な行動を見て、恐怖で震え上がる。

「な、なんだアレは……！　リューネ様の身に何が……」

「わ、分からん……。だが、人でない事だけは確かだ！」

リューネは新しく生えた腕を擦《さす》って具合を確かめる。

「痛かったわぁ。あんなにたくさん刃を突き刺すなんて……随分酷い事をするのね。はあ……正体もバレちゃったみたいだし……そろそろ潮時《しおどき》かしらね」

近衛兵の一人が槍を突き出してリューネを威嚇する。

「き、貴様は何者だっ⁉　一体ここで何をしていた⁉」

「ふ……ふふふ……あはははっ！　今から死ぬのに、知る必要はないわ。お逝《い》きなさい」

突如リューネの指が伸び、近衛兵の額を貫く。

「なっ、がっ……⁉」

近衛兵は何が起こったのか分からない様子で身体を数回痙攣《けいれん》させ、絶命した。


スキル【形態変化】を入手しました。


（今、何かスキル手に入れたな。あの指が伸びる技はスキルだったのか！）

ローグは女の攻撃に対処出来るように油断なく身構え、相手の出方を見る。

一方、仲間を殺された他の近衛兵は動揺しながらも武器を構えなおし、己を奮《ふる》い立《た》たせる。

「く、くそっ！　このバケモンがっ‼　同時に掛かるぞっ！　ギルオネス兵を舐めるなよっ！　いくぞ、お前らっ！」

「「お、おうっ！」」

残っていた衛兵のうち数名がリューネを取り囲み、同時に飛び掛かる。

四方から槍の同時攻撃。無手《むて》で防ぐのは至難《しなん》の業《わざ》だが……

リューネの十指がそれぞれ意思を持っているかのように伸び、飛び掛かった衛兵全員の身体を鎧ごと貫通し、床に血だまりを作る。

「がはっ……！」

「ごふっ……！」

「な、なんだ……とっ⁉」

貫かれた衛兵は最初の一人同様、身体を痙攣させ、力尽きた。リューネは伸ばした指を戻し、指についた血を舐めとる。

ローグは、血を舐めて悦《えつ》に入《い》っているリューネに問い掛けた。

「なぁ、冥土の土産に正体くらい教えてくれてもいいんじゃないか？　お前は何者で、何が目的で帝国に潜り込んでいたんだ？」

リューネはローグを見て笑う。

「あなたは……私に傷を付けた人間ね。ふふっ……そうね、教えてあげてもいいわよ？　私に傷を付けたご褒美としてね……」

「そりゃあ……ありがたいね。で、何者なんだ？　ヒューマンではないだろう？」

リューネは哄笑《こうしょう》しながら正体を明かした。

「私は魔族。十魔将が一人、魅了のリューネよ。せっかくこの国を操り、人間を苦しめて……クルシメテ……負の気を集めようとしていたのに、無駄になってしまったわ。邪魔をしてくれたお礼に、あなたには惨たらしい死を与えてあげましょう。アハッ……アハハハハッ！」

「魔族か。その魔族とやらは他にいるのか？　まぁ十魔将とか名乗るくらいだから、いるんだろうけど……」

リューネは自分が負けるとは微塵《みじん》も思っていないらしく、聞かれてもいない事をペラペラと語る。

「いるわよぉ……？　魔王様の復活のためには大量の負の気が必要だから、私以外にも色んな魔族が動いているわ。直接手を下す者、私みたいに人を操る者……様々ね」

「ふーん。その魔王が復活したらどうなるんだ？　蘇《よみがえ》らせてお終いじゃあないだろ？」

ローグは饒舌《じょうぜつ》になっているリューネから出来る限り情報を引き出そうと、質問を重ねる。

「あら……分からないかしら？　簡単じゃない、世界征服よ。アハッ……アハハハッ！　もうすぐ……もうすぐよ……あぁ〜、魔王様ぁぁぁ〜っ」

リューネは自分の肩をかき抱《いだ》き、狂おしい笑い声を上げる。

よほど魔王に心酔《しんすい》しているらしい。

「イカれてやがる。悪いが、そんなものを復活させるわけにはいかないな。全力で阻止させてもらうぞっ」

リューネは急に真顔になり、冷ややかな声でローグに語り掛ける。

「バカねぇ……私がここまで話したんだから、誰一人ここから生かして帰すわけないじゃない。すぐにあなたもそこの死体の仲間入りよ、色男さん？」

直後、リューネが魔力を解放した。

紫色のオーラが彼女の全身を包み、謁見の間の空気をビリビリと震動させる。

「久しぶりに全力で暴れるわ。その綺麗な顔をぐちゃぐちゃにしてあげるから！　はぁっ!!」

リューネの背中からコウモリのような翼が生え、体が宙に浮く。

リューネは鋭い爪が伸びた右手を振りかぶり、ローグに飛び掛かる。

並みの人間なら決して目で追えない速さだったが、ローグには全て見えていた。

「それで全力か？　遅いな。せいっ!!」

ローグは身体を捻って右腕を躱し、すれ違いざまに抜刀。リューネの腕を肩から斬り落とした。

さらに返す刀で背中の両翼も一閃《いっせん》する。

翼を失ったリューネは体勢を崩し、無様に床を転がる。

「いやぁぁっ！　わ、私の翼をっ!!　おのれっ……よくもっ!!」

リューネは怒りに顔を歪ませながら起き上がり、ローグを睨みつける。

その赤い両目が怪しく光った。


スキル【魔眼】を入手しました。


「ん？　今何かしたのか？」

「ば、バカなっ！　何で魔眼が効かないのっ!?　男なら絶対魅了されるはずなのにっ!?」

切り札すら全く通じないリューネの顔に焦りの色が浮かぶ。

「ははは。残念、少しも魅力を感じないな！」

「な、何ですってぇぇぇっ！　だったら、これでどう⁉」

再びリューネの両目が赤く光る。

「何度やっても無駄だ！」

ローグは【状態異常無効】によって【魔眼】による魅了をものともせず、リューネに斬り掛かる。

しかし、ローグが振るった刃がリューネに触れようとしたまさにその時、何者かが割り込んだ。

「ぐっ……リュ、リューネ……様」

虚《うつ》ろな目をした近衛兵が、リューネを庇ってローグの斬撃を受けて腹から血を流していた。

リューネはあろう事かまだ生き残っていた近衛兵に魔眼を掛け、自分を守らせたのだ。

「あら、惜しかったわね。でも、あなたに魅了が効かなくても、他の男達は操れるわ。さぁ、お前達、この男を取り押さえなさい！」

リューネの言葉に従い、生き残った近衛兵十数名が一斉にローグに群がり、手足を押さえつける。

「兵士ごとバラバラにしてあげるわぁぁ！」

人を道具のように扱うリューネの無慈悲《むじひ》な行動が、ローグの怒りに触れた。

「このっ……！　人間の命をなんだと思っている！　それがお前ら魔族のやり方なのかっ！」

「ふん、私達魔族の役に立てるのだから光栄に思ってほしいくらいよっ！」

怒声と共にリューネの鋭い爪が迫る。

「くっ【アクアストーム】！」

次の瞬間、ローグを中心に強烈な水流が生じ、リューネと近衛兵達を纏めて押し流した。

「【アンチマジック】！」

ローグは続けざまに【アンチマジック】を放ち、近衛兵達の魅了を解除する。

「今のうちにこの部屋から出ろ！　お前達がいると戦えない！」

壁際まで流された近衛兵達は、未だに朦朧《もうろう》とした様子ながら、ローグの迫力に押されるようにして謁見の間から逃げていく。

「ちっ、盾にもなれないなんて、使えない連中ね」

近衛兵が逃げられるように睨みをきかせていたローグは、リューネのあまりに傲慢《ごうまん》な態度に怒りを爆発させた。

「そうやって他種族を貶《おとし》め、下に見て……お前達魔族はどれだけ傲慢なんだっ!?　人間はお前ら魔族の餌《えさ》じゃないんだぞっ！」

「ひっ……！」

ローグの怒声に怯《ひる》んで、リューネは後退《あとずさ》りする。

「だ、だから何よっ！　そもそも私達魔族をこうしたのは、あなた達人間よ！　傲慢と言うなら、人間こそ傲慢だわ！　私達を暗くて陽の当たらない世界に押し込めて……！　これは復讐《ふくしゅう》……そう、復讐よっ！　あなた達人間は地面に頭を擦《こす》りつけて魔族に謝罪して、餌になってその罪を贖《あがな》えばいいのよぉぉぉぉっ！」

リューネもまた怒りを爆発させせる。

「いいでしょう……魔眼が効かないなら、直接攻撃してあげるわっ！　小細工に頼らずとも、魔族と人間では生来の力が別次元。舐めるんじゃないわよ！」

リューネの魔力が実体化し、蔓《つる》のように彼女の肉体に巻き付いて硬化する。

蔓の鎧に覆われたリューネの身体は一回り大きくなり、さらにローグに切られた翼は六枚に増えて機動力も増していた。

「私の速度を見切れるかしら？　八つ裂きにしてあげるわぁぁぁっ！」

その直後、リューネの姿が消えた。

壁や床、天井を蹴りながら室内を縦横無尽《じゅうおうむじん》に飛び回り、超高速でローグの周囲を旋回する。

さすがのローグでも、この動きを完璧に捉えるのは難しかった。

しかし、ローグはその場から一歩も動かない。

刀を鞘に納め、目を閉じて呼吸を整える。

「来いっ！」

いくら動きが速かろうと、攻撃するためには間合いに入らねばならない。

その攻撃行動に入る瞬間を、ローグは狙っていた。

「全ては魔王様のためにぃぃぃぃいっ‼　死ねっ、人間っ‼　あぁぁぁあぁっ！」

絶叫と共に真正面から躍《おど》り掛かったリューネだったが、これはフェイントで、ローグの身体を掠《かす》めるように飛んで背後に回る。

そして腕の先端を鋭利な槍状に変化させ、がら空きになったローグの背を貫こうと突き出す。

しかし、ローグは予想していた。リューネの性格を考えれば、ここぞという場面では真正面からの打ち合いをせず、必ず背後から仕掛けてくるだろうと。

「ここだっ！」

ローグの納めた刀が鞘を走り、神速の抜刀術でリューネを一閃する。

「あ……うぁ……」

両断されたリューネが床に倒れ込む。ローグはこれで終わったと刀を鞘に納めた。

「終わりだ、リューネ。あの世で罪を悔いるがいい」

そう告げるローグだったが、両断されたリューネは不敵な笑みを見せる。

「ふ……ふふふ……。酷いわぁ～……。腕の次は身体まで……。でも、甘いわね」

「なっ⁉」

両断したリューネの身体から蔓が伸び、絡まり合い、やがて一つになっていく。確かに両断したはずのリューネの身体は傷跡すら残さず再び一つに繋がり、何事もなかったかのように立ち上がった。

「私の再生能力を甘く見たわね。私に攻撃は効かないわよ？　ふふっ……ふふふ」

「バカなっ！」

「さぁ、第二幕といきましょうか？」

斬撃が効かない。ローグはリューネの再生能力を甘く見ていた。そして再び始まったリューネの攻撃をなんとか躱しつつ、攻略の糸口を掴もうと探りを入れる。そこでローグは気付いた。

（ん？　あれは……）

ローグは魔力視を使って魔力の流れを見ていた。そこでリューネの身体の一部分に強力な魔力を帯びた何かが存在していると見抜いた。

「ほらほらほらぁぁぁっ！　さっきまでの勢いはどうしたのかしらぁぁぁっ？　あっさり殺しちゃうわよぉぉっ？」

「やらせるかっ！」

ローグはバックステップでリューネから距離をとり、刀を鞘に納める。

「あら？　もう降参かしら？」

「誰が降参なんてするか。次に俺に近付いた時がお前の最後だ！　そろそろ決着をつけようじゃないか」

そんなローグの余裕のある態度がリューネの感情を逆なでする。

「私を……魔族を舐めるな人間っ！　お前を殺してまた一からこの国を支配してやるっ！」

「そんな事……絶対にさせるものかっ！」

お互いに最後の攻撃態勢に移行する。リューネは再び機動力を生かし室内を縦横無尽に駆け回る。対し、ローグはある一点のみに集中していた。

「殺《と》ったぁぁぁっ！」

「そこっ！」

「なっ⁉」

ローグは振り向きざまにリューネの突きを左手で受け流し、右手をリューネの腹部に添える。

「あっ……！」

「これで終わりだ、リューネエェッ！」

ローグが持つ膨大《ぼうだい》な魔力が右手の一点に集中し、白く輝く。

「くらえっ！　全ての属性よ……一つになりて彼《か》の者《もの》を滅《ほろぼ》せ！　【ゼロ】!!」

土竜の腹すら貫いたローグの必殺魔法が、ローグの手のひらから放たれた。

白い光の奔流がリューネが纏う魔力の鎧を砕き、腹部を貫通する。ローグの狙いは魔力の集中していた一点。それは魔物にも共通する弱点でもある。

「あぁぁぁぁっ！　……あ……わ、私の……ま、魔核がっ……」

魔核を破壊されたリューネは、力を失ってボロボロと崩れていく。

「そこに一番魔力が集まっていたのが見えた。やはり魔核か。魔族も魔物とそう変わらないんだな」

「ち……力が抜け……て……」

艶《つや》やかだったリューネの肌は色を失い、石のようにひび割れ、最後は砂になって朽《く》ち果《は》てた。

「……今度こそ終わりだ。ふぅっ……」

恐るべき再生能力を持つリューネだが、さすがに命の根源たる魔核を貫かれてしまったらもう復活は出来ない。

ただの魔物と違って、魔核自体が頑丈に出来ていたが、ローグの持つ最強魔法にかかればひとたまりもなかった。

「お、終わった……のか？」

「し、死んだんだよ……な？」

生き残った近衛兵がその場に崩れ落ちていた。

ローグは危険が去った事を確認し、重厚な扉を開ける。

そこでは険しい表情で抜剣したゾルグが待っていた。

「……ゾルグ。全部終わったよ」

その言葉でゾルグの表情が緩《ゆる》む。

「ローグ……良かった！　怪我は？」

「俺は全くないよ。ただ……全ての近衛兵は救えなかった……」

「仕方ないさ。近衛兵達も皇帝を守るために命を落とす覚悟は出来ていたはずだ。後ほど手厚く弔《とむら》うとしよう。それより、お前が無事で何よりだ」

「ははっ、この通りさ。ところで、皇帝と弟は？」

ローグの声に反応して、ゾルグの後ろから二人が顔を覗かせた。

「に、兄さん。この人は？」

「あぁ、俺の友だ。信頼出来る仲間さ」

ゾルグの言葉を聞き、マルコが大袈裟に驚きながら叫んだ。

「ええ!?　気難しい兄さんに友達が!?　……夢かな？」

「マルコ、お前は兄を何だと思っている……」

ゾルグは怒りに顔を引《ひ》き攣《つ》らせる。

今にも兄弟喧嘩が始まりそうなところに、皇帝がスッと間に立って場を鎮《しず》めた。

「ゾルグよ、その辺にしておけ。で、あのバケモノはどうなった……？」

皇帝の質問には、ローグが答えた。

「はい、魔核を破壊したら形を保《たも》てなくなり……ああなりました」

そう言って、ローグはリューネだった者の成れの果てを指差す。

そこには灰のように細かな砂が小さな山になっていた。

「……砂？」

「はい。奴の正体は魔族でした。奴はこの国を操って人々を苦しめ、負の気とやらを集めていたようです。そして集めた負の気で魔王を復活させる事が目的だったようです。まさか自分が人間に負けると思っていなかったのか、ペラペラと喋ってくれましたよ」

皇帝はガクンと膝をつき、床に崩れ落ちた。

「ワ、ワシは、何という事を……魔族に騙《だま》されていたとはいえ、取り返しのつかない事をして……！」

愕然《がくぜん》とする皇帝を、ローグはそっと宥める。

「仕方がないですよ。奴の能力は魔眼による魅了。男なら絶対掛かるらしいので、誰であろうと防げなかったはずです」

それを聞いて、ゾルグが疑問をこぼす。

「しかしローグ、お前は大丈夫だったのか？」

「うん？　あぁ、俺はスキル【全状態異常無効】があるからね。全く問題なかったよ。皇帝達に掛かっていた魅了も解除されたみたいだしね」

「ふっ、全く問題ない、か。さすがにゴッドランクは一味違うなぁ……」

「『ゴ、ゴッドランク!?』」

皇帝とマルコは驚いてゾルグに詰め寄る。

「に、兄さん！　ゴッドランクなんて、伝説の存在じゃないか!?　下手をすれば一国の王よりも地位が高いとすら言われているんだよ」

「そ、そうじゃぞ！　どうやって知り合ったのじゃ！」

「まあ、つい先日の事なんだが……」

ゾルグは二人にローグとの出会いから説明していった。

「そうか、ライオネルは捕まっておったか。あやつはワシが拾い、幼い頃から目を掛けて育てた将軍じゃったが……」

「ライオネル将軍もその部下も、今はローカルム王国で投獄され、裁判を待っています。人質交換や身代金の支払いを打診してみてはどうでしょうか。もっとも、素直に応じてもらえるかは分かりませんが」

そうローグは皇帝に告げた。

「ああ、それがいいな。さっそく手を打とう。しかし、そなたがおらねばギルオネス帝国はどうなっていたか……。今回の事で周辺国にも多大な迷惑を掛けてしまった。すぐに謝罪と対処をしなければならんな……」

「操られていたとはいえ……傷付いた人々はたくさんいますからね。必要なら、何か手伝いましょうか？　戦争終結のためならば、協力は惜しみませんよ」

「それはありがたい。ならば……すまぬがこれからゾルグと共にザルツ王国との戦場へ赴《おもむ》き、停戦を呼び掛けてくれないだろうか。ワシはローカルム王国への親書を準備せねば」

「分かりました。ゾルグ、行こうか」

「あぁ。では父上、また後ほど」

そう言ってローグはゾルグと共にザルツ王国へと転移していった。

皇帝は二人が消えた跡を見て、しみじみと呟く。

「あれは転移か。あのローグという少年、底が知れぬな……。ともあれ、ゾルグは素晴らしい友を得たようじゃな」

「凄い方でしたね、父上。あんな風に笑う兄さんは久しぶりに見ました。まだ夢じゃないかと思ってますよ、あはは」

「ははっ、お前も負けてられんぞ？　次期皇帝として、励《はげ》むがよい」

「次期皇帝？　僕が？　兄さんが皇位を継ぐのではないのですか？」

「アレはこの国に収まる器ではない。それに、あやつは拒否するだろう。黙って玉座に座っていると思うか？」

そう問われたマルコは、苦笑しながらもどこか遠い目で呟く。

「あはは、ないですね。でも、少し兄さんが羨《うらや》ましいです……」

こうして、ギルオネス帝国は魔族の陰謀《いんぼう》から解放されたのであった。

†

ローグはゾルグと共にザルツ王国の謁見の間へと転移していた。

ちょうど戦況報告の最中だったらしく、ロラン王とエリーゼ王妃、ザルツ王国の将軍数名が真剣な顔で話し合っている最中だった。

ロラン王はいきなり現れたローグ達に驚いて、玉座からずり落ちそうになり、将軍や衛兵達にも動揺が走る。

しかし、ローグの神出鬼没ぶりには慣れたもので、ロランはすぐに笑顔を見せた。

「だ、誰じゃ……って、ローグか！　驚かせないでくれ。急にどうした？　ん……？　隣にいるのはもしや……」

「あぁ、彼はギルオネス帝国の皇子、ゾルグです」

敵国の皇子の登場に、ザルツ王国側の人間がざわつく。

そんな中、ローグに紹介されたゾルグが、膝をついて挨拶をはじめた。

「ギルオネス帝国の第一皇子、ゾルグ・ギルオネスと申します。貴国との戦争の件で、停戦を申し入れに参りました。この戦争は我が父が魔族に操られたがゆえに生じたもの……決してギルオネス帝国の意思ではありません。つい先程、ローグが城内に入り込んでいた魔族を倒して制してくれたおかげで、父は正気に戻りました。即座に戦争を終わらせるべく、今こうして動いている次第です」

ゾルグの話を聞いたロランが唸る。

「うーむ。随分都合の良い話に聞こえるが……こちらとしても戦を終わらせるのはやぶさかではない。ローグよ、この話、信じても良いのじゃな？」

ロランの問いに、ローグは頷いて答える。

「はい。魔族は側室として皇帝に近付き、【魔眼】を使って皇帝や兵達を魅了していました。しかし、魔族を倒した事により、魔眼の支配も消えました。これ以上の争いは双方にとって無益でしょう。皇帝の依頼で、直ちに戦争を止めるため迎えに来ました。……ところでロラン王、戦場まで空を飛んで行きませんか？　竜に乗ってね」

ローグが竜と口にした瞬間、ロランの顔色が変わった。

瞳を輝かせながら、思わず玉座から立ち上がる。

「っ⁉　竜に乗れるじゃと⁉　行く！　行くぞっ！　さぁ、早く行こう！」

本題を忘れて竜に乗る気満々のロランを見て、エリーゼが苦笑する。

「男の人はいくつになってもこれだから……。気を付けて、いってらっしゃい」

ローグは頷いて、ロランとゾルグに手を差し出す。

「ははっ、じゃあ、まずはアースガルドに行きましょうか。ロラン王、俺に掴まってください。ゾルグも、今から転移するぞ」

二人はローグに掴まった。

「王妃様。王を少し借りますね？」

「ふふふっ、頼んだわよ、ローグ」

「では……転移！」

ローグは二人を連れて、アースガルドへと転移した。

†

「はぁ……ローグ、本当に大丈夫かしら……」

「そんなに心配しなくても平気よ。ローグなら、一人で帝国を降伏させちゃっても驚かないわ」

アースガルド城の食堂では、落ち着かない様子のジュリアをコロンが宥めていた。

「でもなんか組み伏せられてたし、あんなの見せられたら、誰だってびっくりするわよ？」

「あはっ、ローグは完璧超人だからね～。迫真《はくしん》の演技だったたんじゃない？」

「う～、思い出したらまた悔しくなってきたわ！　あ、でもアイツ、めちゃめちゃ絵が下手だったわよ？」

「それほんと!?　ローグにも苦手な事ってあったのね。芸術関連は不得意なのかな……？」

コロンは今まで知らなかったローグの一面を発見して興奮する。

「絵だけはって言ってたような……。あ、あと歌は上手かったかな！」

「歌？　え、ローグ歌えるの？」

「うん、なんか変な楽器出して故郷の村に伝わる歌を歌ってたわよ」

「へ～。……で、惚れたと？」

コロンがニヤニヤしながらそう問い掛ける。

「ほ、惚れ!?　い、いや……。そういうのじゃない……かな。尊敬っていうか……憧れ？」

「憧れねぇ……。ま、今はそれで良しとしとくかぁ。あ、もし〝そういう気〟になったら、私に遠慮なんていらないからね？」

「へ？　あはは、ないない！　私は今誰とも付き合う気なんてないし！」

「それを言ったら、私だって似たようなものよ。私だって最初はローグに命を救われたのよ？　なぁんか、ジュリアはそのうち私みたいになる気がするのよねぇ～」

「う～ん……そうかな？」

ここでコロンが一つ忠告する。

「もし狙うなら……早くした方がいいかもね」

「へ？　何で？」

コロンはクスリと笑みを浮かべる。

「ライバル……めっちゃ多いから」

「えぇっ？　そんなに!?」

「そ。早くしないといずれ後悔するかもよ？」

「あははは、その時はその時だよ。今はまだいいかな」

その後も二人はお互いについて語り合い、急速に距離を縮めた。

しばらくすると、廊下からローグの声が聞こえてきた。

噂をすれば影……である。

「おーい、アース、アクア、バーン、ちょっと頼みがあるんだけど！」

コロンはすぐに席を立って、ローグを出迎える。

「あっ、ローグ！　お帰りなさい！　それと、ロラン王？　お久しぶりです。お元気そうで何よりです」

「おお、コロン殿も息災そうで何よりじゃ」

ロランと挨拶を交わしたコロンは、ゾルグを見て首を傾げる。

「で……そちらは？」

ローグが事情を説明する。

「彼はギルオネス帝国の皇子ゾルグ・ギルオネスだ。今からロラン王とゾルグと一緒に、両国の戦争を終わらせるために、戦場へと向かう。アクアとバーンは帰っているよね？　今どこにいる？」

「それだったら……」

コロンはニヤリと笑いながら、ローグのすぐ横を指差した。

「ん？」

ローグが視線を向けると、いきなりジュリアが飛び付いてきた。

「ローグ‼　このバカッ！　心配したんだからね！　いきなり捕まって！」

ローグは涙目で訴えるジュリアの頭を撫でて宥める。

「ごめんごめん、あれは演技だよ。ギルオネス兵もいたし、説明する暇もなかったからさ。許してくれ」

《だから、大丈夫だって言ったじゃないの。まったく……》

呆れた様子でぼやくアクアに続いて、バーンとアースが現れた。

小型化した三匹は、ローグの肩や頭に乗って再会を喜ぶ。

全ての竜が揃ったので、ローグはこの三匹に計画を話した。

「アクア、バーン、アースで俺達三人を戦場まで運んでくれないかな？　熱くなってる戦いを止めるために、少しインパクトが欲しくてさ」

ローグの話を聞いたロラン王は、三匹もの竜を使って与えるインパクトが〝少し〟かと思ったが、口には出さなかった。

しかし、アクアは気乗りしない様子でごねる。

《え～……めんどくさ～い》

「頼むよ、秘蔵の酒をやるからさ。もちろん、飲み放題だ」

酒、しかも飲み放題と聞いて、アクアの目の色が変わる。

《さあ、すぐに行くわよ！　バーン、アース！　何してるの！　お酒は待ってくれないの！》

そう叫ぶと、アクアは一匹で先に外に出てしまった。

《やれやれ、相変わらず酒の事になると支離滅裂《しりめつれつ》な奴だな……。主よ、早く追いかけねば、あやつだけ先走って飛んでいきかねないぞ》

アースに促され、ローグ達は城の中庭に移動した。

そこで三匹の竜は小型化を解き、本来の大きさに戻る。

眼前に並ぶ三体の巨大な竜を見て、ゾルグが冷や汗を流す。

「一体だけでも恐ろしいというのに、それが三体揃うとは……まさに圧巻だ。これだけで、どの国も平伏しそうだな」

「まぁ、アクアはポンコツだから、実質二体だけどな」

《誰がポンコツよ!?　さぁ、早く行くわよ？　戦争止めるんでしょ？》

「あぁ。じゃあ、ロラン王はアースに、ゾルグはバーンに乗ってくれ。アクアは俺だ。よっと。ロラン王、ゾルグ、鞍《くら》は必要か？」

竜の背に跨ったロランとゾルグは、それぞれ座り心地を確かめる。

「ワシは欲しいのう。空は危ないからのう」

「俺は……大丈夫そうだ」

「分かった、アース、今から鞍をつけるが、少し我慢してくれよ？」

《うむ。後で美味い肉をくれたら許そう》

「極上のオークステーキ肉をやるよ。じゃあ、行こうか」

三人はそれぞれ竜に乗り、空に浮かぶ。

「コロン！　しばらくジュリアの相手を頼むよっ！　じゃあ、行ってくる」

そう言い残し、三人は東の空へと飛び立った。

「相変わらず、落ち着かないんだから」

コロンは小さくなったローグ達の姿を見上げながら、溜め息をついた。

一方、上空のローグ達三人はというと……

「うひょお〜〜っ！　楽しいのう、空の旅は！　ローグが羨ましいのう！」

ロラン王は初めての騎竜に大層満足で、アースの背中にしがみつきながら、子供のようにはしゃいでいた。

「あんまり暴れると落ちますよ、ロラン王！」

「堅い事言うでない、ローグよ。王などという立場になると、こうして部下も連れずに少人数で出掛ける機会は滅多にないのじゃ。若い頃は一人で馬を駆って遠乗りしたものじゃが……」

しかし、楽しい時間はあっと言う間で、すぐに目的地である戦場へと着いてしまった。

眼下で繰り広げられる戦を察知したゾルグが、指差す。

「見えたぞ、ローグ！　あそこだ、まだ戦っている！」

「よし、このまま中央に降りられるか、アクア？」

アクアは自信満々にこう言った。

《私に不可能はないわっ！　他の竜は知らないケド～？》

アクアの挑発するような言葉に、バーンとアースが反応する。

《水竜に出来て火竜に出来ないわけがないいっ！》

《右に同じく》

そんな中、ロランは空中散歩が終わる事を残念がる。

「ワシはもっと乗っていたかったのう……」

「そのうち、また乗せてあげますよ。だから、まずは戦争を止めましょう、ロラン王……」

「本当じゃな、ローグ!?　よ～し……！」

三人と竜は戦場のど真ん中に降り立つ。

激しい戦闘を繰り広げていた両国の兵達は、突然現れた竜に驚き、両軍が囲むように地面を開けた。

まず、ロランが【威厳】スキルを発動し、ザルツ兵に向かって停戦を呼び掛ける。

「直《ただ》ちに戦闘行為をやめぇいっ！　戦は終わった！　皆の者、武器を収めいっ！」

「「こ、国王様っ!!　ははぁぁぁっ！」」

ザルツ兵は指示に従って武器を収めた。

次に、ゾルグがギルオネス兵に向かって、【威圧】を放った。

「聞いての通りだ！　お前達も武器を収めて戦いをやめろ！　戦争は終わりだ!!　これは皇帝陛下直々の命令である！」

「「「ゾルグ皇子⁉　ははっ！」」」

続いてギルオネス兵達も武器を収める。

最後に、ローグがこの場にいる者全員に向かって言った。

「この戦争の元凶はギルオネス皇帝の側室となった女だった！　奴の正体は魔族で、皇帝をスキルで魅了し、帝国を意のままに操っていたんだ！　だが、その魔族は既に倒した！　もう心配はいらない！　どちらの国も、争う理由はないはずだ！　それと、怪我人はいるか⁉　いたら今から魔法で治療するから、俺のところに出て来てくれ！」

この呼び掛けに応じて、双方からおよそ二千人の軽傷者がローグの前に出た。

重傷者は既に前線から退《しりぞ》いていたのか、切り傷や、刺し傷、打ち身が主で、自力で歩ける者ばかりだ。

「では、今から治療を始める。もっと俺の近くに寄ってくれ」

怪我人達は、ローグを囲むように集まってきた。

「よし、じゃあ治すぞ？　【エリアハイヒール】！」

ローグを中心にして円状に癒しの光が広がっていく。

その光に触れた兵達の傷は見る間に塞がっていき、痣や打撲、切り傷や刺し傷までが瞬時に快癒《かいゆ》した。

「す、すげぇ……。完璧に治ってる……！」

「こ、この治療範囲……高位の神官以上だ……！　ありがとうございました！」

傷を癒してもらった兵達は、それぞれローグに礼を言い、自軍の陣地に戻っていった。

両軍が撤退準備を開始したのを確認し、ローグはアースに語り掛ける。

「これでひとまず落ち着いたかな。後は国同士の話し合いで解決してもらおう。アース、ちょっと遠回りしながらロラン王をザルツ城まで乗せていってあげてくれない？　帰ったら肉をたらふく食わせてやるからさ」

《じゅるっ……心得た！》

「おお、帰りも乗れるのか!?　感謝するぞ、ローグ、ひぃやっはぁぁぁぁっ！」

ロランは歓喜しながらアースに跨《また》がり、城へと飛んでいった。そのあまりのはしゃぎぶりに、ローグは不安を口にする。

「あれ……大丈夫だろうか？　癖《くせ》になったりしないよな？」

《どうかしらね～。で、ローグ？　あんたはど～すんの？》

「あぁ、俺はゾルグとローカルム王国に行って事情を説明してくる。アクア達は先にアースガルドに戻ってくれ。ほら、今回の報酬だ」

ローグは魔法の袋から二十年に一本しか作られない神和《しんわ》国産、幻の名酒【夢幻泡影《むげんほうよう》】を取り出し、アクアに渡した。

《きゃぁぁぁっ！　ローグ……いえ、ローグさまぁぁぁんっ！》

アクアは尻尾で器用に瓶を掲げながら、小躍《こおど》りする。

「まったく、この豹変《ひょうへん》ぶりときたら……。また太るぞ？」

アクアに呆れつつ、ローグはバーンを見る。
「そう言えば……バーンは何が欲しい？　バーンだけ何もなしってのもなぁ……」
《我か？　う〜む……。特にこれと言ってないのだがな。土竜と二人で食べるくらいの肉でいいぞ》
「そうか。なら、帰ったらカプセルハウスに持っていくよ。今渡すと荷物になるからね。それでいい？」
《うむ、問題ない。では、我らはアースガルドへと戻るとしよう。水竜、行くぞ？　いつまで踊っている!?》
《はぁ、アンタにはこのお酒の価値が分からないのかしらぁ〜？　あぁ、やだやだ、デリカシーがないわねぇ……》
《ぬかせ！　では、ローグ。またの》
言い合いながら、アクアとバーンはアースガルドへと帰っていった。
「さて、ゾルグ。俺達もローカルム王国に行くか。転移するから、また掴まってくれ」
「あぁ。それにしても、お前の周りは賑やかだな。羨ましいぞ」
「心配しなくても、これが全て片付いたら、お前もその中に入るんだよ、ゾルグ。さぁ、行こうか、転移！」
こうして、ザルツ王国とギルオネス帝国の戦争を終結させたローグ達は、一度ギルオネス帝国に戻り、皇帝の親書を携《たずさ》えて、ローカルム王国へと向かった。

†

ローカルム王国へと転移したローグ達は、すぐにソーン王と面会し、戦争のあらましから今までの事を全て説明していた。

ローグ達が預かってきたギルオネス皇帝からの親書に目を通したソーンは、複雑な表情で溜め息をつく。

「なるほど……全ての元凶は魔族だったと。しかも、魔族はまだ他にも存在し、色々な場所で暗躍しているとは……これは由々《ゆゆ》しき事態ですね」

ゾルグはソーンに頭を下げる。

「なかった事にしてほしいとは言いませんが、ギルオネス帝国が自らの意思で戦争を仕掛けたわけではない点は、どうかご理解頂きたい。可能な限り損害は補填《ほてん》させていただくので、何卒《なにとぞ》寛大な措置を……」

真摯《しんし》に謝罪するゾルグにソーンが応える。

「……分かりました。魔族が糸を引いていたのならば、ギルオネス帝国だけを責めるわけにもいかないでしょう。色々と思うところはありますが、これ以上互いに憎しみ合っていては、それこそ魔族の思うつぼ。後ほど、損害の請求を送るとします。それで、手打ちにしましょう。良いですか？ゾルグ皇子」

「ええ。それと……こちらで捕まっているライオネル将軍とその部下についてなのですが……」

「ああ、そうですね。魔族が絡んでいたならば仕方ありません。捕虜交換という形で釈放しましょう。ですが……将軍の部隊に攻められて、国境沿いの町は大変な損害を受けました。その点はどうかお忘れなきよう」

ゾルグは深々と頭を下げ、再度謝罪の言葉を述べる。

「承知しております。その分も加味し、我が国へ御請求ください。金で解決とはいかないでしょうが、何卒……」

ソーン王はこれを了承し、後日、釈放したライオネル将軍に損害補償についての親書を持たせて帰国させる事になった。

こうして、ギルオネスとローカルムの間でも和平が成立した。

「それでは、私はこれで失礼します。ローグ、父に報告しに戻ろう」

「あぁ。では、ローカルム王、俺達はこれで」

ゾルグと共に転移しようとしたローグに、ソーンが声を掛けた。

「あ、待ってください、ローグ殿。すみませんが、折り入ってお願いがありまして、少し時間をもらえますでしょうか？　手短に済ませます」

ソーン王はローグに頭を下げた。

「ん？　どんな話でしょうか？」

「ローグ殿、戦争からの復興を目指すに当たって、ローカルム王国としては、ローグ殿の神国アースガルド以外とも積極的に協力していきたいと考えております。そこで、ザルツ王国のロラン陛下にお取り次ぎいただけないでしょうか。我が国には潤沢《じゅんたく》な鉱山資源があります。しかし、逆に木材をはじめ、不足している物資も多い。国の立て直しのために、ぜひとも協力していければと……」

「良い考えですね。そうだ、今度近隣の国のトップを集めて会談をしましょう。それぞれの国で困っている事をその場で話し合って、同盟を結べれば、戦で疲弊したこの地域の和平と発展に繋がるでしょう。俺が段取りしますよ」

「ありがとうございます！　詳しい日時が決まり次第お知らせください。もちろん、ギルオネス帝国も参加するのでしょう？」

突然ソーンに問い掛けられたゾルグは、やや困惑しながらローグを見る。

「同盟は素晴らしい考えだが、それに我がギルオネス帝国も参加していいのだろうか？　隣国に多大な迷惑を掛けた手前、手と手を取り合ってというのは、感情的に難しいと思うが」

「同盟、結構じゃないか。国一つで出来る事なんてたかが知れてるし、助け合っていけばいいと思うよ。過去ではなくて、未来に目を向けた方がずっといい」

「ローグ殿の言う通りです。互いのメンツより、一刻も早く戦乱の傷を癒し、民の生活を安定させる事こそ、為政者の務めです」

ローグとソーンの寛大な心にゾルグは心を打たれた。

「ありがとう、父に話してみましょう。では、帰ろうか」

「じゃあ、詳しい日時が決まり次第手紙を送るので、それまで待っていてください。ではまた。転移！」

そう言い残して、ローグはゾルグと共にギルオネス帝国へと転移していった。

ローグが消えた跡を眺め、ソーンが呟く。

「アースガルドか……。ローグ殿がいる限り、かの国はさらに栄えるんだろうなぁ。僕も負けていられない。さて、損害状況の確認を急がせるか！」

ソーン王は席を立ち、配下に指示を出しはじめる。

まずは、戦の損害を何とかしなければならない。全てはそこからだ。

ソーン王は国の立て直しを急ぐのであった。

†

ギルオネス帝国へと転移したローグ達は、ギルオネス皇帝と応接室にいた。

「父上、ザルツ王国との停戦、ならびにローカルム王国への謝罪を済ませて参りました」

「すまないな、ゾルグ。それに、ローグ殿も……」

そう言って、皇帝は二人に頭を下げた。未だ魅了の影響が残っているのか、皇帝はどこか元気がなさそうだ。

「構いません。これも友のためですから。ところで皇帝陛下、実は先程ローカルム王国で同盟の話が出まして。アースガルド、ザルツ王国、ローカルム王国の三ヵ国で同盟を結ぶ事になっています。

これにギルオネス帝国も加わりませんか？」

「それは嬉しい誘いだが、我が国が入る事を他国は認めるかのう？」

「ローカルム側からの誘いなので、大丈夫でしょう。どうします？　近々アースガルドに各国のトップを集めて会談を開く予定ですので、それまでにどうするか決めておいてください」

「分かった。どうするかはその会談の場で話すとしよう。ふぅ……。これでようやく一区切り出来そうだな……」

皇帝はゆっくりと息を吐くと、ゾルグに向きなおった。

「時にゾルグよ、お前はこれからどうするのだ？　皇帝の座につくか？　それとも……国を出るのか？」

ゾルグはしばしの沈黙の後、自分の考えを口にした。

「父上、今回の一件で我がギルオネス帝国はアースガルド……いや、ローグ王に随分世話になりました。俺はその恩に報いるためにも、これからはローグ王のために働きたいと思っています。どうか国を出る事を許してください」

「ほう……皇帝の座には興味はないと申すか。一国の主としてローグ王の力になるという方法もあるのだぞ？」

「俺はこの数日の間、一人の男としてローグと接し、自分に何が足りなかったのか実感しました。知っての通り、俺には人望がありません。皇子という立場を疎《うと》み、周りの者に心を開かず、誰とも交わらずに過ごしてきた俺が、ただその血統だけで皇帝になっても、心から従う者はいないでしょう。しかし、弟のマルコならば、臣下に慕われ、きっと良く国を治めるはずです」

ゾルグの真剣な言葉を聞いた皇帝は、静かに頷き、笑みを浮かべる。

「ははっ。ワシもお前がローグ王についていきたいと言うだろうと思っていたぞ、ゾルグよ。だがそれも良い。お前が自分の意思で決めたのだ。貫いてみせよ。ギルオネス帝国の代表として、アースガルドの力になってくれ。これは皇帝としての頼みじゃ」

「はっ！　かしこまりました！」

「はっは、お前を孤独にしてしまった事には、父として責任を感じておる。ようやく出来た友と離れさせるのも悪いと思ってな。ゾルグ、ローグ王から色々学べ。そして、絶対に友を裏切るでないぞ？」

「父上……！　分かりました。今までお世話になりましたっ！」

皇帝は息子の肩を優しく叩いた。

その顔は一国の支配者ではなく、ただの父親のものだった。

「いいのか？　ゾルグ？」

ローグが聞いた。

「あぁ。これからはアースガルドで世話になる。よろしく頼むぞ？　ローグよ」

そう言って、ゾルグは右手を差し出す。

ローグはその手を取り、固い握手を交わした。

「ははっ、そうだな。だけど、俺についてくるなら、並みの力じゃ務まらないぞ？　今度古代迷宮に連れて行ってやるよ。ジュリアと一緒に少し鍛えてやらないとな」

「お手柔らかに頼むよ。こう言っておかないとお前、いきなり最下層とかに行きそうだしな？」

「え？　行ったら駄目なのか？」

あっけらかんと言うローグに呆れて、ゾルグは肩を竦める。

「ほら、これだ。駄目に決まってるだろう。いきなりそんなところに放り込まれて、死んだらどうする？　お前は自分がどれだけ特別か、少し自覚した方がいいぞ」

「仕方ないなぁ……。また一階から潜るのかぁ。今更感があるが、死なれたら困るしな」

「頼むぞ。じゃあ、アースガルドに行こうか。父上、次は同盟会議の場で会いましょう」

「うむ。ローグ王に迷惑を掛けぬようにな」

「むしろ、こっちがめちゃくちゃにされそうだったのだが……」

「酷いなぁ。最下層でスパルタの方が早いのに。では皇帝陛下、ゾルグ皇子を預からせていただきます」

「うむ。多少なら厳しくしても構わぬぞ？」

「父上っ！」

「許しが出たぞ！　やはり最下層に……」

「絶対に行かないからな!?」

こうして、戦争は一旦の区切りを迎え、ローグ達はアースガルドへと戻ったのだった。

第三章　強くなるために

アースガルドへと転移で帰還したローグは、コロンに頼んで、仲間達全員を会議室に集めた。

「全員集めたけど……どうしたの？」

「ありがとう、コロン。それから、皆も急に集まってもらって悪かった」

ローグは会議室に集まった全員の顔を見回して、用件を切り出す。

「そうだな……まずはジュリア。君の紹介からだ。もう皆とは話したかい？」

「まだ、ちゃんと話したのはコロンくらいかな。だから、今から自己紹介させてもらうわね」

ジュリアは立ち上がって、自己紹介を始める。

「えっと、私はムーラン帝国筆頭貴族の娘ジュリア・アンセムです。私は強制的に結婚させられるのが嫌で家出したんだけど、ギルオネス帝国兵にやられて瀕死になっていたところをローグに救われました。私は助けてくれたローグに恩を返したいと思ってます」

それを聞いたフローラが、さっそく問い掛けた。

「こほん。ジュリアさん？　あなたは今後ローグさんとはお付き合いしようとは思いませんの？」

「ない……かな。今は尊敬の方が強いし。でも……今後どうなるかなんて分からないし、今は何とも言えませんね……」

ジュリアはいきなりの突っ込んだ質問に戸惑いながらも、肝心な部分は上手くぼかしてその場を乗り切った。

しかし、フローラは今の発言でジュリアの事も要注意人物としてマークしたらしい。

「なるほど。可能性アリ……と」

最近のフローラは、以前にも増してローグに対して積極的だった。

ローグは苦笑しつつも、ゾルグの紹介に移る。

「んんっ。では、次にゾルグだ。皆に挨拶を頼む」

ゾルグは前に出て挨拶を始めた。

「知っている者もいると思うが、俺はギルオネス帝国の第一皇子ゾルグ・ギルオネスだ。今回の戦争でローグには散々迷惑を掛けたので、少しでも恩を返そうと国を出てきた。これからはローグの友として、こちらで世話になる。皆、よろしく頼む」

人懐《ひとなつ》っこいカインがゾルグに握手を求める。

「おう、俺はカイン。ローグの親友だ。歳の近い男同士、仲良くしようぜ。俺は大体工房にいるからさ。よろしくな？」

「カイン、よろしく頼む。時間が出来たら酒でも酌《く》み交《か》わそう」

「いいな！　でも、ドワーフの師匠達に酒が見つかったら大変だから、気を付けてくれよ？」

二人はガッチリ握手をしてから離れた。

改めて、ローグは今日の本題を切り出す。

「よし、紹介はこんなものでいいだろう。次に、近隣諸国との同盟について話したい。皆の率直な意見を聞かせてくれ」

ローグは皆に、アースガルド、ザルツ王国、ローカルム王国、ギルオネス帝国の四ヵ国同盟の構想について話した。

政治に強いバレンシアが、真っ先に意見を出す。

「私としては特に異論はありません。一つ考えるべき事があるとしたら、エルフをどうするかですね」

ローグは頭を悩ませる。

「確かに。あの国は国家とは違って特殊だからなぁ。しかも、何か後継者問題があるみたいだし……。一度様子を見に行ってみようか。他には何かあるかな？」

次に、クレアが挙手して質問した。

「同盟の調印式はいつにするの？　なるべく早く決めて物資を送った方が良いんじゃない？」

「うん。俺は一ヵ月後くらいにしようと思っていたんだけど、遅いかな？　まだ戦争が終わったばかりで、各国の流通経路も混乱しているだろうからね」

「良いと思うわ。それだけあれば準備出来るし、何がどれくらい必要か、大体分かりそうね」

「なら、会談は今から一ヵ月後、この会議室で。それで各国に手紙を送ってくれ。バレンシア、頼めるかな？　元女王なら、こういう時の作法にも詳しいだろ？」

バレンシアは軽く微笑んで答えた。

「ええ、構いませんわ。そちらは任せてください。では、エルフの国はお願いしますね」

「ああ。あそこには両親もいるし、のけ者にはしないよ。さて……後はジュリアとゾルグ、二人は俺がエルフの国から戻ったら、古代迷宮に行こう。今後のためにも一から鍛えないとな。あ、コロンも行くか？　コロンは確か単独で五十五階まで行ってたよな？」

それを聞いたゾルグが、相手の強さを測るかのように、鋭い目でコロンを見た。

「わ、私も⁉　う〜ん、まぁ、たまには悪くないわね。ミラも連れていっていいかな？」

「構わないぞ？　ちなみにミラはどれくらい戦えるんだ？」

「私よりちょっと強いくらいかしら」

コロンの答えに、ローグが頷く。

「なら問題ないか。了解だ。じゃあエルフの国から戻ったら五人で行こう」

「久しぶりの冒険、腕が鳴るわねっ！」

テンションが上がったコロンは、腕まくりしはじめる。

「コロン様、はしたないですよ……」

ミラが小声で窘めたものの、コロンはどこ吹く風だ。

「たまにはいいじゃない⁉　私は心躍るような冒険がしたいのー！　黙ってお城にいるなんて、息が詰まっちゃうわ！」

「言ってみただけです。はぁ……いつになったらコロン様に王妃としての自覚が備わるやら……」

ミラの呟きは天へと消えていった。

「では、今日はここまでにしよう。解散！」

「「「お疲れ様でしたっ！」」」

ローグの宣言で、会議が終了した。

席を立ったジュリアに、ローグが声を掛ける。

「そうだ、ジュリア。部屋はどうした？」

「え？　好きな部屋を選んでいいって言われたから、クレアさんの隣の部屋を使ってるけど……何か？」

「あぁ、部屋があるならいいんだ。何か足りない物はあるか？」

「十分よ、見た事ない魔導具のおかげで、なかなか快適に過ごせているわ。あ、でも、何か本があれば良いかなぁ」

「本か、それなら町の雑貨屋で扱ってたと思うよ。コロン、ミラ。俺がエルフの国に行っている間に、ジュリアとゾルグに町を案内してあげてくれないかな？　ダンジョンアタックに必要な道具も揃えなきゃならないだろ？　とりあえず、黒金貨三枚渡しておくから、余ったら皆で好きに使ってくれ」

コロンとミラは喜んで引き受けた。

「やった！　かなり多いけど、使っちゃっていいのよね？」

「あぁ、金は使わないとな。貯めているだけじゃ町が潤わない。服でも雑貨でも、何でも好きに使っていいよ」

コロンはミラとジュリアの手を取って小躍りしはじめる。

それを見たゾルグが、ローグを隅に呼んで小声で話し掛けた。

「おい、ローグ……お前、俺に女三人と買い物に行けと言うのか⁉　ハッキリ言って、悲惨な未来しか見えないのだが……」

顔を引き攣らせるゾルグがおかしくて、ローグは思わず噴き出してしまう。

「ぷっ……。分かったよ、ならカインも連れて行けばいい。アイツなら男だし、良いだろ？　親睦《しんぼく》を深めてこいよ。なっ？」

「むぅ……。分かった。後で声を掛けてみよう」

「ああ、頑張れよ。よーし、じゃあコロン、後は頼んだ。ミラ、ゾルグを適当な空いてる部屋に案内してやってくれ。俺は神様にちょっと聞きたい事があるから、部屋に戻るよ」

「分かりました、ゾルグ様、こちらへ」

「様はいらんよ。ゾルグでいい」

「……分かりました、では……ゾルグ殿。空いてる部屋に案内します」

全員が各々の部屋や持ち場に戻ったのを見送った後自室に戻ったローグは、神に呼び掛けた。

「神様、聞こえていますか？　聞こえていたら返事をください」

しばらく待つと、白い服を纏った少年がローグの目の前に現れた。

神の精神体だ。

「やぁ、ローグ。久しぶりだね。天から見ていたよ。多くの命を救ってくれてありがとう。で、用件は何だい？」

「分かってるでしょう？　魔族についてですよ。何ですか、アレは？　しかも、目的が魔王復活とか、嫌な予感しかしないのですが……」

神は天を仰《あお》ぎながら考え、ローグに向き直って言った。

「魔族ね。奴らはここことは違う次元に存在する魔大陸という場所にいる。総数は不明、魔大陸に行くには次元を超えるしか方法はない。おそらく、魔族の目的は人間達を苦しめて、悲しみや苦しみといった負の感情を集め、魔王の本体に流し、復活させる事だ。今、この世界に来ている魔族は残り九体。どこにいるかは、自分で探してね？　僕はそこまで干渉出来ないから」

「もし、その魔王とやらが復活したら、世界はどうなりますか？」

「おそらく、魔大陸ごとこちらの世界に来るんじゃないかな。全ての人にとって、災厄となるだろうね」

神は平然と言ってのけた。

「思っていたより危険な存在みたいですね。魔王がどれくらいで復活するか、分かりますか？　リューネって奴はもうすぐって言ってましたけど」

「う～ん、実際はまだまだ掛かるんじゃないかなぁ……。こっちに来ている魔族も、リューネ以外は真面目に働いてないみたいだし？　このペースなら、しばらくは大丈夫だと思うよ」

「なら、発見し次第排除していく感じでいいですか？」

「うん、そこはローグに任せるよ。質問はこれで終わりかな？」

「はい、ありがとうございました」

「うん、頑張ってね、ローグ。全ては君次第だ。じゃあ、また」

そう言って、神は姿を消した。

「ふぅ……。急いで魔族を探す必要はなさそうだな。しかし、やれやれだな……」

ローグは椅子に座って頭を抱える。

部屋から姿を消した神は、神界には戻らず天高くから世界を見ていた。

「やはり魔族が来ていたか……。僕の勘は正しかったみたいだ。間違っても魔王を復活させるわけにはいかないな。天使達から何人か選んで、地上に降りてもらおうかな。あ〜あ、忙しくなりそうだなぁ……アレも急がなくちゃならないし……」

そう呟いて、神はどこかへと飛んで行くのであった。

†

ローグが神と密談を交わした翌日、アースガルド城の門前には、買い物へと出掛けるコロン達の姿があった。

「や、やはり別行動にしないか？」

この期《ご》に及《およ》んで出掛けるのを渋るゾルグを、コロンが急《せ》かす。

「いいから、早くしなさいよ？　時間は待ってはくれないんだからね！」

「くっ！　何故女の買い物に付き合う羽目に！」

ぼやくゾルグを、何故か自信満々なカインが励ます。

「まぁまぁ、俺もいるんだし、一人で行くよりいいだろ？」

「カイン……頼むぞ？　俺はこういう事が苦手でな……」

「任せとけって、ほら行こうぜ」

ようやく覚悟を決めたゾルグは、女達三人に引きずられるようにしてアースガルドの町に連れていかれた。


町の中心部の商業区画を訪れた一行は、若い女性向けの服屋を巡っていた。

「あら、この服可愛いじゃない！　ねぇ、コロンどうこれ？　似合う？」

先程から店内はほぼ貸し切り状態で、女性陣が試着室の前でファッションショーを繰り広げている。

「似合う似合う！　絶対買いだって！　あ、こっちも可愛いよ？　ジュリアは結構大人っぽい服も合うと思うな」

プリーツスカートを試着したジュリアに、コロンは淡い色のワンピースを勧める。

「どれどれ!?　きゃ～、それも可愛いっ！　どっちにしようかなぁ……」

「両方買えばいいじゃん。ローグは経済を回すためにどんどんお金を使うようにって言ってたし」

「だよねー！　じゃあ、今まで着た事ない服にもチャレンジしてみようかな」

コロン達の買い物熱がさらにヒートアップする。

その様子を、ゾルグ達男性陣はぐったりした様子で眺めていた。

「なあ、カイン……いつになったら終わるんだ？　もう二時間はこんな調子だぞ」

「ああ。せっかく女の子と買い物だと思ったのに、苦痛以外のナニモンでもねぇ……。これなら金鎚を振ってる方が何倍もマシだぜ……」

カインに同意し、ゾルグがしみじみと呟く。

「俺は二度と女とは買い物に行かない……」

ガックリと肩を落とす男二人を、ミラが窘める。

「お二人とも、だらしないですね。買い物はまだまだ続きますよ？　体力が足りないんじゃないですか？」

カインは歯軋《はぎし》りしながら抗議する。

「この店だけで二時間だぞ、二時間……！　何故あんなに元気なんだよ……」

「女の子……だからじゃないですかね？　久しぶりの買い物ですし、お金はローグ殿が出してくれましたし」

「そう言うミラは、屋台で買い食いか？　色気より食い気だな。ローグに笑われるぞ？」

ミラが抱えている紙袋には大量の食べ物が詰め込まれていた。

彼女は顔を赤くして、紙袋をさっと隠す。

「なっ!?　い、いいじゃないですか！　グリーヴァ王国にはこんな屋台なんてなかったので、社会勉強です！」

「はいはい、そういう事にしておくよ」

呆れるカインを横目に、ミラは袋から取り出したドーナツを頬張《ほおば》る。

「はぁ～。このドーナツというお菓子は至高の一品ですよぉ～！　もぐもぐ……。そうだ、洋服の買い物が終わったら、皆でスイーツ巡りにしましょう！　それが良い！」

「か、勘弁してくれ！」

「あぁ……早く帰りたい……」

二人はこの後も、延々と女性陣の買い物に付き合わされるのであった。

†

その頃、ローグは一人、エルフの国にある両親の家の前へと転移していた。

「ふっ、はぁっ!!　せあぁぁぁぁっ!!」

家の前でローグの父バランが剣の素振《すぶ》りをしていた。

以前怪我で左脚を失っていた彼は、ローグに再生してもらった脚の感覚を取り戻すために、日々の訓練を欠かさない。

ローグは素振りの区切りがつくまで待ち、バランに声を掛ける。

「久しぶり、父さん。大分足も慣れたようだね？」

息子の顔を見たバランが破顔《はがん》する。

「ん？　おお、ローグか！　結婚式は行けなくてすまなかったな。どうだ、嫁さんとは上手くやってるか？」

「もちろん。忙しいけど、楽しく過ごしてるよ」

「で、今日はどうした？　もしかして、寂しくなっちまったか？　ははははっ」

「いやいや、俺ももういい歳なんだよ、父さん。今日来たのはちゃんとした用件があってさ」

「ん？　用件？　何だそれは？　まぁ、立ち話も何だし、中に入れよ」

「お邪魔します」

バランはローグを家に招き入れる。

台所では、母親のフレアが皿を洗っていた。

彼女はローグに気付くとすぐに駆け寄り、幼子のように頭を撫でる。

「あら、ローグじゃない！　どうしたの？　寂しくて会いに来ちゃった？」

「か、母さんまで……。調子狂うなぁ……」

ローグは照れて頬を赤くしながらも、母に身を任せていた。

「ははっ、俺達にとっちゃ、まだまだローグは子供なんだよ。それで、用件ってのは何だ？」

「あ、今お茶淹《い》れるわね。座っていてちょうだい」

「あ、ありがと。母さん」

ローグは出されたお茶を一口飲み、話を切り出した。

「実は俺、今国王をしているんだ」

「ブゥーッ！　……ゲホッゴホッ！　な、何だって!?」

バランは盛大に茶を噴いた。

「ちょっ……父さん、汚いなあ……【クリーン】」

ローグはお茶で汚れたバランの服を魔法で清めてから話を続ける。

「アースガルドって国なんだけどさ、グリーヴァ王国とザルツ王国にあった俺の領地が合併して新しい国になったんだよ」

「はぁ～、ローグが国王ねぇ」

「うん。それで今、俺のアースガルド、ザルツ王国、ローカルム王国、そしてギルオネス帝国で同盟を結ぼうとしているんだよ」

「お前……そりゃこの周辺国全てじゃないか。すげぇな。だが、ザルツ王国とローカルム王国は、今ギルオネス帝国と戦争していなかったか？」

「あぁ、それはもう解決したよ。ギルオネス帝国に魔族が潜んでいて、皇帝や兵を操っていたんだ。で、この同盟で戦後処理や支援を協力していこうと思ってさ」

「それは良い案ね、さすが私の息子！　でも、エルフの国に来たのはどうしてなの？」

「この周辺が一つに纏まったら、エルフの国だけ孤立しちゃうでしょ？　何も言わずにエルフの国だけ外すのもなぁって……」

「そうねぇ……でも、私達エルフが同盟に入るのは無理よ？　人間を嫌いなエルフもいるし、嫌いとまで行かなくても、警戒しているエルフは多いわ。ローグの心配はありがたいけど……」

　フレアはそう申し訳なさそうに言った。

「あぁ。分かってる。無理強いはしないよ。でも、交易だけは今まで通り続けてほしいし、こちらにエルフの国を害する意図がないのは知っていてもらいたかったんだ。それと、もし魔族が何か手を出してきたら、すぐに知らせてほしい」

「あら、魔族は倒したんじゃないの？」

　ローグはリューネと神から聞いた話を二人にも話す。

「どうやら俺が倒した魔族以外にも、九体の魔族がこの世界に入り込んでいるみたいなんだよ。目的は人々を苦しめて負の気を集める事。そしてその負の気を利用して魔王を復活させるつもりらしい。ちなみに、魔王が復活したら、魔大陸が次元を超えてこちらの世界に現れる可能性が高い。そうなれば、世界は大きな災厄に包まれる」

　ローグの話を聞いた二人は黙り込み、室内に重苦しい空気が流れる。

　しばらくして、バランが口を開いた。

「世界の危機ってやつか。参ったな。エルフと人間の関係がどうこう言ってる場合じゃねぇぞ、フレア？」

「確かに……。でも、まだ時間はあるのよね？」

　ローグが頷いて答える。

「あぁ。魔族は本腰を入れているわけじゃないらしいから、しばらくは大丈夫だって神様は言ってたよ。だから当面の間は情報を集めながら、魔族を見つけ次第殲滅する予定かな」

フレアは真面目な顔でローグに問う。

「ローグ、私がこの国の女王になるまで待てる？　もし私が次の女王になったら、必ず皆を説得して、力になると約束するわ」

フレアはエルフの次期女王候補の一人だったが、今まで彼女はあまり女王になる事に積極的ではなかった。ローグはそんな母を気遣う。

「ありがたいけど、大丈夫？　魔族は俺が何とかするからさ、無茶はしないでね、母さん？」

「子供だけに世界を背負わせるほど、私達は耄碌《もうろく》していないわよ、ねぇ、アナタ？」

「あぁ。その時が来たら、俺も全力で力になる。ローグ、お前こそ、無茶はするなよ？」

「ははっ、分かってるよ。じゃあ、俺はこれで。また時々遊びに来るよ」

「身体に気を付けてね。あ、今度コロンちゃんも連れてきて。あとそれから、早く孫の顔が見たいわねえ……。次に来る時は三人でいらっしゃい？　ふふっ」

「あ～……。それは、まだまだ先になるかな。じゃあ、転移！」

ローグはフレアのプレッシャーから逃げるようにアースガルドへと帰っていった。

「もう、あの子ったら……」

「まぁ、今にたくさん子供を連れてくるさ。アイツ、俺達の良いとこ取りで、顔も良いし強いしで、さぞかしモテるんだろうからなぁ……」

「だけど、いずれ寿命の差に悩まされるのよね、私達みたいに……」

ふと、フレアの顔が翳《かげ》る。

「エルフは長命だしな。ハーフエルフなら、寿命はエルフの半分くらいか？　それでも、人間や他の種族とは比較にならないくらい長生きするだろうな」

「そうね、大体六百年くらいね。ローグはどうやって乗り越えるのかしら……」

「アイツの事だ、案外魔法で何とかしちまうんじゃねぇか？」

「ふふっ。やりそうね。アナタもお願いしたら？」

「ははは、不老長寿か？　あんまり長く生きるのもな……。俺は普通に生きて普通に死ねたら本望だ。何しろ、優秀な遺伝子も残せたしな。ただ……ずっとお前の側にいてやれないのだけは残念だよ、フレア……」

「アナタ……」

二人は熱く抱擁《ほうよう》を交わした。

その日は久しぶりに燃え上がったとか何とか。ローグに兄弟が出来たかどうかはまだ分からないが、二人の仲の良さなら、そう遠くない話だろう。

†

一方、ローグはアースガルド城に転移し、執務室に籠もってこれからの事を考えていた。

「まずはバロワ聖国の冒険者ギルド連盟に行き、アースガルドに冒険者ギルドを作る許可をもらう。次にムーラン帝国に行ってジュリアの結婚の問題を片付けよう。ムーランの皇子が仕掛けてくるなら全力で抵抗する。ついでに、この二つの国で魔族や竜の情報でも集めるかな。とりあえず、今の予定ではこんなところか。あぁ、その前に皆を鍛えなきゃ。うーん、やる事が満載だ……」

ローグはソファーに座って大きく伸びをする。

そこへ、買い物に出掛けていたゾルグ達が帰ってきた。

「ただいまー、ローグ」

「お帰り、コロン。ん？　ゾルグはどうしたんだ？」

「よ、ようやく帰って来られた……」

楽しそうな女性三人とは真逆で、心底疲れきっていたゾルグとカインは、今にも倒れ込みそうだった。

そんな男二人を見て、ローグは苦笑する。

「なんだ、だらしないなぁ、二人とも」

「ロ、ローグ……次からは別行動にしてくれ……。俺は疲れたから……寝る」

「同じくだ……。お前も行ってみれば分かるさ。じゃあ、俺も寝るわ。またな、ローグ……」

ゾルグとカインはノロノロと歩き、自室の方へと消えていった。

「？　なんだ、あれ？」

首を傾げるローグに、ミラが興奮した様子で話し掛ける。

「それよりローグ殿！　あの屋台街は何ですか！　いつの間にあのような素晴らしいものをっ⁉」

「あぁ、あれね。神様からもらった異世界の知識に、色々なスイーツの情報があったから、この世界でも流行させようかと思ってさ。アンナの親父さんに頼んで再現してもらってたんだよ。美味かったか？」

「それはもうっ！　あぁ、毎日食べたいくらいです！」

「……太るぞ？」

ローグの冷静な指摘に、ミラは言葉を詰まらせる。

「ぐっ、く、訓練を倍にしますっ！」

「ま、動機が不純だが、それで強くなるなら問題ないか……」

一方コロンは、買ってきた服を合わせてローグに見せる。

「ねえ、ローグ。この服どうかな？　ジュリアと色違いにしたんだけど」

「ん？　ほぅ……。二人とも良く似合ってるよ。色合いも二人に合ってる。良いモノを買ったな」

ローグに褒められたコロンは、笑顔を弾けさせる。

「やっぱり～！　ローグならちゃんと褒めてくれると思ったぁ～」

ジュリアも満更でない様子ではにかむ。

「そ、そっか、似合ってる……か。ほっ……」

「今度その服着て出掛けよう。今度はミラにも何か服を買ってあげないとね？　ははっ」

「「行くっ！」」

「ロ、ローグ殿!?」

まだ三人は談笑しながら部屋へと帰っていった。

「ふふっ、ジュリアも皆と仲良くなったみたいだし、良かったな」

ローグは皆の仲が深まった事を喜び、自分の部屋へと戻ったのだった。

†

翌日、ローグはゾルグ達四人を連れて古代迷宮の入り口に来ていた。

コロンが辺りを見てしみじみと呟く。

「懐かしい〜。この辺りは何も変わらないね、ローグ？」

「まぁ、俺は素材集めでたまに来ていたから、感慨はないけどな。さて、今からダンジョンへと向かうわけだが……皆の今のレベルは？」

ローグの確認に、コロン、ミラ、ジュリア、ゾルグと順に答える。

「私は110かな。ミラは？」

「私は150です」

「私は81。戦闘らしい戦闘はしてこなかったから、足を引っ張るかも……」

「俺は、160だ。ちなみに……ローグのレベルはいくつなんだ？」

「ん？　俺か？　俺は……310だ」

一人だけずば抜けているローグのレベルを聞き、ジュリアは信じられないとばかりに目を見開く。

「竜を倒すだけあるわぁ……。まさか、そんなにレベルが高かったなんて……」

「魔族やら何やらといつも戦っているからね」

ローグは皆を見て、チーム分けを始める。

「よし、ならばコロン、ミラ、ゾルグは五十階からアタックしてくれ。ジュリアは俺と一階からスタートだ。少し差を縮めないとな」

ジュリアが緊張の面持《おもも》ちで頷く。

「ええ、分かったわ。よろしくお願いしますっ！」

「あぁ。じゃ皆、無理はするなよ？　危険だと思ったら十階ごとに脱出用の転移魔法陣があるから、無理せず必ず出口まで戻る事。いい？」

「「「はいっ！」」」

「よし、期間は三週間。今日から三週間後にこの入り口に集合だ。では、行動開始！」

コロン達三人は一足先に転移陣から五十階へと転移していった。

入り口にはローグとジュリアが残っている。

「さて、まずは……ジュリアにスキルを与える。皆には秘密だぞ？」

「スキルを？　そんな事出来るの？」

「まぁね。実はローカルムで助けた冒険者の中に付与術士がいてね、助けてもらったお礼にってスキルを見せてくれたんだよ。この【スキル付与】は俺が取得済みのスキルなら複製して任意の相手に付与する事が出来るんだ。で、今からジュリアには俺の持つ【獲得経験値倍加】と【全状態異常無効】を付与しようと思う。じゃあ、いくよ？」

ローグがジュリアの頭に手をかざし、力を注ぐと、彼女の身体が光に包まれる。

ジュリアは温かい何かが自分の中に入ってくるのを感じた。

「んっ！　はわわ……何かが頭に⁉」

やがて、光が収束し、ジュリアの中へと消える。

「これで付与出来たはずだ。ギルドカードで自分のステータスを確認してみて」

ジュリアは言われたとおりに自分のステータスを開いてみた。

名前：ジュリア・アンセム
種族：ヒューマン　　レベル：81
体力：980／980　　魔力：400／400
▼スキル
【索敵】【高揚】【獲得経験値倍加】【全状態異常無効】【剣術／レベル：4】
【火魔法／レベル：1】【水魔法／レベル：1】【土魔法／レベル：1】【風魔法／レベル：2】
【氷魔法／レベル：1】【雷魔法／レベル：1】【光魔法／レベル：1】【闇魔法／レベル：1】

「本当だ、色々増えてる⁉」

自分のステータスを見たジュリアが驚きの声を上げた。

「後は三週間で、ひたすら魔法の訓練だ。じゃあ、行こうか」

「は、はいっ！」

ローグはジュリアを連れて迷宮へと突入した。

まずは浅い階層でひたすら魔法の特訓をさせる。

この階層のモンスターは、ジュリアのレベルでも危険はないので、新しい戦法を自由に試せる。

今まで使えなかった魔法を使う事が楽しいようで、ジュリアは魔法を中心に真剣に特訓に取り組んだ。

彼女は、適性のある風魔法だけは他の魔法より上達が早かった。

「風魔法が使いやすそうだね。やはり、適性があると違うの？」

「ん～、他の属性より威力があるからかな。範囲攻撃とか便利ね」

「確かにその通りだな。でも、他の魔法も極めれば風はもっと便利になるんだぞ？　ちょっと見ててね？」

そう言って、ローグは前方にいたモンスター達に狙いを定める。

通路の先では、スケルトンやゾンビなどの下級アンデッドモンスターが大量にひしめいていた。

ローグは片手に火魔法、もう片方の手に風魔法を出すと、両手を組んでモンスター達に放つ。

「熱風魔法！　【ファイアーストーム】！」

炎が風でさらに燃え盛り、嵐となってモンスター全てを呑み込んだ。

燃《も》え盛《さか》る炎に包まれたモンスター達は一瞬で灰となり、宝箱を残して消えた。

「な、何!? 今のっ!!」

「火と風を合成した魔法だ。風は色んな属性と相性が良いから、他の属性魔法と合成すると強力な範囲魔法になるんだ。どうかな？ 風単体で使うより便利でしょ？」

ジュリアはぐっと拳を握り、気合いを入れた。

「頑張ってモノにする！ ローグ、どんどん教えて！」

「あぁ、その意気だ。だが……そろそろＭＰが残り少ないんじゃないか？」

「あ、うっ……。はい……」

「魔力切れは身体が怠《だる》くなって辛いからな、少し休憩にしようか」

ローグは地下三十階のセーフエリアに行き、カプセルハウスを出した。

中でジュリアに食事と仮眠を取らせて休ませている間、ローグは一人考えていた。

「【ＭＰ自動回復】も付与したらいいかな？ でも、あんまりやりすぎると人外認定されそうだし、やめておくか。成長具合は……頑張ったという事で他の三人には納得してもらおう……うん」

ローグは順調に強くなっていくジュリアに満足していた。


一方その頃、他の三人は……

「んぎゃあぁっ！ またゴミアイテム！ 何なのよぉっ！」

宝箱を蹴りつけるコロンを、ミラが窘める。

いた。

「コロン様……はしたないですよ？」

「お前……宝箱を漁《あさ》りに来たのか？」

モンスターから出る宝箱を開けては中身のショボさに落胆するコロンを見て、ゾルグは呆れていた。

しかし、コロンは平然と答える。

「宝箱があったら普通開けるでしょ!?　放置するなんてもったいないじゃない！」

「俺達は特訓に来たはずだ。トレジャーハンティングに来たのではないぞ？　まだレベルも2～3しか上がってない。このままだとジュリアに追い抜かれてしまうぞ。何せ、ローグが直々に鍛えているんだからな。既にレベルが100を超えていても不思議ではない」

ゾルグの予想通り、この時ジュリアのレベルは既に110を超えていた。

「ぐっ！　じゃあ……もし宝箱に貴重な品が入っていたらどうするの？」

「確か、ローグが貴重品を集めていたのは九十階以降からという話だろう？　この辺だと、大したアイテムは出ないのでは？」

「うう～……それでも宝箱を見たら、もしかしたらって思うじゃない……」

「強くなって九十階から本格的に宝箱を開けたらどうですか？　その方がさらに稼げると思いますよ」

宝箱に未練たらたらなコロンを見かねたミラが、落とし所を提案するが、コロンは聞く耳を持たない。

「知らないの？　塵《ちり》も積もれば山になるのよ？　ゴミアイテムだって、売ればお金になるんだから。そしたら、屋台で好きなだけ買い食い出来るでしょ？」

この一言で、ミラが陥落した。

「何をしているのです！　早く宝箱を開けますよ、ゾルグ様！　屋台……串焼き……スイーツ！」

買い食いの誘惑に負けたミラは、コロンに倣って嬉々《きき》として宝箱に飛び付く。

「はぁぁぁ……。すまん、ローグ。俺は強くなれないかもしれない……」

ゾルグは宝箱を漁る二人を眺めて大きな溜め息をついた。

†

迷宮に入ってから一週間が経過した。ジュリアはめきめきと力をつけ、ついに先行していたコロン達に追い付いた。

そして今、ローグの目の前には正座させられている三人がいた。

「コロン、今回の目的は何だ、言ってみろ」

ローグの質問に、コロンが平然と答える。

「トレジャーハンティング！」

「チッガァァァウ!!　誰が宝箱漁りしろって言ったよ!?　強くなるために連れて来たんだぞ!?　それをお前ら、一週間でレベル１０しか上がってないじゃないか。ゾルグまで一緒にいて、何をしていたんだ……」

ローグに叱られ、コロンがしゅんと縮こまる。

「ううぅ……だってぇ～……」

「ちなみにジュリアはどれくらいまで上がったのだ？」

ゾルグはジュリアの成長具合が気になり、ローグに尋ねた。

「ジュリア、皆に成長したお前のステータスを見せてやれ……」

名前：ジュリア・アンセム
種族：ヒューマン　　レベル：200
体力：2100／2100　　魔力：1000／1000

ジュリアのレベルを見たコロンがショックで項垂れ、ミラも感嘆の声を上げる。

「ぐあっ、抜かれたぁ～！」

「凄い……ですね。私より強い……！」

ゾルグは二人に呆れながら肩を竦める。

「だから言っただろう。俺の忠告を無視した二人が悪い」

それでも、ゾルグは自分のレベルを超えられた事に少なからず落胆していた。

さすがに三人が可哀想だと思ったのか、ジュリアが割って入る。

「まぁまぁ、ローグもその辺でいいじゃない。三人も10はレベル上がってるんだしね？　それに……私はちょっとズルしてるし」

「あっ、バカ！　ジュリア！　それは秘密だって言っただろ!?」

口を滑らせたジュリアをローグが注意するが、時既に遅し。

「「「ズル？」」」

三人がジュリアを取り囲んだ。

「ズルって何？　手取り足取りローグに鍛えてもらう以外に、何かしてもらったの？」

コロンに詰め寄られ、ジュリアが助けを求める。

「う～、ローグ……助けてぇぇ……」

さすがに見かねたローグが三人に説明した。

「はぁ……仕方ないな。ジュリアには【獲得経験値倍加】のスキルを付与したんだよ。それでも、120もレベルが上がったのは彼女が真面目に特訓してた成果だ。レベルだけじゃなく、ジュリアは魔法の合成まで習得しているんだぞ？　宝探ししていたお前達とは真剣さが違う」

ゾルグは魔法の合成という言葉に食いつく。

「魔法の合成？　何だそれは？」

「え、知らなかったの？　ジュリア、見せてやってくれる？」

「は、はいっ！」

ジュリアは片手に氷魔法、もう片方の手に風魔法を出し、手を組んで魔法を放った。

「氷嵐魔法《ひょうらんまほう》！　【ブリザード】!!」

直後、ジュリアの両手から猛烈《もうれつ》な吹雪《ふぶき》が発生する。周囲の気温は一気に下がった。敵がいたら氷漬けになっていただろう。

ソレを見たコロンとゾルグが驚きを露わにする。

「な、何これ!?　ジュリア、あんた何したの!?」

「魔法の合成！　こ、こんな事が可能だったのか！」

二人の大袈裟な反応に照れて、ジュリアは頭を掻《か》く。

「あはは、今のは氷魔法と風魔法を合成したの。ようやく完成したわ！」

「ジュリアは風の適性があったからな。風属性はこういう範囲魔法に向いているんだ。これがジュリアが真面目に訓練に取り組んだ結果だよ」

こんな大技を見せられたらもう何も言えない。三人はローグとジュリアに深々と頭を下げる。

「「「すみませんでした……！」」」

「はぁ……。明日からはお前達も一緒に鍛えてやる。ガンガンいくからな？　特にコロンは、宝箱開けるの禁止」

「ううっ！　はぁ〜い……しくしく……」

「よろしく頼む！　俺もその魔法の合成を覚えたい！」

ジュリアの技に触発されたのか、ゾルグはやる気に満ち溢れている。しかし、ミラは少し不安そうだ。

「あの、私、転移魔法しか使えないのですが……」

「ミラは戦士タイプだっけ。ならスキルを鍛えてあげるよ」

「は、はいっ！　お願いしますっ！」

こうして、ローグは真面目に訓練させるため、全員一緒に九十階で鍛える事にした。

九十階に到着すると、ローグが四人に注意する。

「いい？　ここからは敵の強さも中層よりぐっと上がる。敵は全てボスクラスだと思ってくれ。もし今までの中層階と同じだと考えているのなら、待っているのは死だ」

「「「はいっ！」」」

ローグの忠告に、皆力強く返事をした。

「よし、じゃあ……ジュリア、お前が先導してくれ。今のお前の強さなら問題なく勝てるはずだ。疲れたらこのセーフエリアに戻る事、いい？」

「う、うん。ローグはどうするの？」

「俺か？　俺は……」

言いながら、ローグはコロンの首根っこを掴む。

「うにゃぁぁぁ〜っ!?」

「この自称トレジャーハンターを一から鍛え直してくる。皆とレベルが離れすぎたからな」

連行されるコロンを見て、ジュリアが顔をひくつかせる。

「あ、あはは……。優しくしてあげてね？」

「それはコイツ次第だ。では、また一週間後にここで。行くぞコロン。お前は特別補習だ」

「うっ……わ、分かったよぉ……。で、何階まで戻るの？」

ローグはコロンのレベルから考え、最適な階層を割り出す。

「そうだな、とりあえず七十階かな。コロンは基礎は出来てるから、後は戦い方と力の使い方をじっくりと叩き込む。その上で皆とのレベル差を埋めていく予定だ。さ、行くぞ？」

「はぁい……。あ、二人きりだからって、変なコトはしないでね？」

「……コロン、真剣さが全く感じられないな。休みなしで特訓決定。俺がいいと言うまでひたすら戦闘、戦闘だ。なぁに、傷付いてもちゃんと回復してやるよ。さぁ、行こうか？」

「にゃあぁぁぁぁぁっ!?」

ローグは半分キレた状態でコロンを引き連れ、転移陣へと入っていった。

その光景を見て、ジュリアとミラが顔を見合わせる。

「だ、大丈夫かな？　コロン。あれ、死ぬんじゃない？」

「……大丈夫だと……信じたいですね」

「まぁ、ローグなら大丈夫だろう。そろそろ俺らも出発しないか？　あれに抜かれるのはちょっと癪《しゃく》だからな。先導頼むぞ？　ジュリア」

「あはは、分かりました。では私が先行しますので、二人は背後からの襲撃を警戒してくださいね？　では、行きましょうか」

ジュリア達は九十一階へと下りていった。

さて、七十階層に移動を済ませたローグ達はと言うと……

「まずはコロン、もう一度ステータスを見せてくれ」

「ん、はい」

ローグは改めてコロンのステータスを確認した。

名前：コロン・セルシュ
種族：ヒューマン　レベル：121
体力：1020／1020　魔力：680／680
▼スキル
【転移】【宝ドロップ率アップ】【罠感知】【真贋《しんがん》】【剣術／レベル：5】【短剣術／レベル：4】
【火魔法／レベル：3】

「コロン、お前シーフなのか？　【真贋】って何だ？」

コロンは胸を張って答える。

「よくぞ聞いてくれました！　【真贋】はね、一目見たらその物の価値が分かる超絶スキルなのよ！　さらに！　そのお宝が本物か偽物かも識別可能なのっ！　トレジャーハントには欠かせないスキルなんだからねっ」

王女として育ったはずなのに、今や完全にシーフと化しているコロンに唖然としながらも、ローグは彼女をどういう方向に育てようか考える。

「よし、コロンの育成方針が決まった。元からある素質を伸ばしてみよう。コロンには【罠感知】があるから、次は【罠解除】と【鍵開け】【忍び足】を会得してもらう。それと同時にレベリングだ。遅れを取り戻すために、コロンにも【獲得経験値倍加】を付与しよう。頭を近付けてくれ」

ローグはコロンの頭にスッと手をかざして、スキルを付与した。

「もう良い？　付与は終わった？」

「ああ。じゃあ、魔物を狩りつつ、罠を見付けたら片《かた》っ端《ぱし》から解除していくぞ。それと、歩く時はなるべく足音と気配を消して歩くように意識するんだ。いいな？」

「むむ～。地味にやる事が多い……」

「これは修業だからな。斥候《せっこう》が出来るようになれば、パーティーの安全度も格段に上がる。コロンにはそれをマスターしてもらうよ？」

必要なスキルを全て付与しても良かったが、与えてばかりでは本人の成長にはならないため、ローグは自ら学ばせる事にした。シーフスキルはコツを掴めば習得出来る。ただし極めるためには普段から意識的にスキルの動作をする必要があるし、最終的にはそれを無意識にやれるようにならなければならない。

「は～い。あ、この宝箱、罠が掛かってる」

ふと、ローグはコロンがおかしな動きをしているのに気がついた。

彼女は懐から小さな道具を取り出すと、それを宝箱の鍵穴に差し込み、カチャカチャと、難なく罠を解除して宝箱を開けてみせた。

「やった！　レア装備ゲット！」

「……ちょっと待て⁉　コロン、お前……その不思議ツールは一体何だ⁉」

「ん？　これ？　ドワーフさん達に頼んで作ってもらったピッキングツールよ！　このツールでどんな宝箱でも開け放題！　むふふ～」

（あ、こいつ……だめだ。目が金貨になってやがる。しかしまぁ、開けられるならいいか。そのうち【鍵開け】スキルも取れるだろう）

それから、ローグはひたすらコロンに罠を解除させ、宝箱も開けさせた。ローグとしては宝箱は禁止にしたかったが、スキル獲得のためだと思ってコロンの好きにさせた。

少しして、コロンが嬉しそうな声を上げた。

「あ、スキルきたっ！　【罠解除】と【鍵開け】！」

「早いな。もう取れたのか？」

「いや、今までもドワーフ特製ギミックの解除とか結構やってたし、その蓄積かな？」

「なるほど、既にある程度の熟練度が溜まっていたのかな。じゃあ、あとは【忍び足】を会得したら、本格的にレベリングだ。歩き方、足の運び方に気を遣うように。理想は音を立てずに歩く事。いい？」

「は～い！　お宝、お宝～」

「あ、ここからは本当に宝箱禁止な？」

「そ、そんなぁぁぁぁっ！　しくしくしく……」

その四日後、コロンはようやく【忍び足】を会得した。レベルもそこそこ上がってきたので、残りの三日は八十九階でひたすら戦闘の繰り返しだ。

成長を実感したコロンは、笑顔でローグの後についていった。

†

古代迷宮に籠もりはじめて二週間が経過した。この二週間で連れて来た四人全員は見違えるほど成長を遂《と》げていた。

「うん。全員200を超えたね。どう？　強くなった実感はある？」

ローグの問い掛けに、コロンがまず答える。

「迷宮に来る前とは別人になった気分！　スキルもたくさんゲット出来たし、新しい道が開けた気がする！」

コロンは満面の笑みを浮かべて胸を張る。

名前：コロン・セルシュ
種族：ヒューマン　　レベル：230

体力：1980／1980　魔力：1100／1100

▼スキル

【転移】【宝ドロップ率アップ】【真贋】【獲得経験値倍加】【盗賊王の心得】

【剣術／レベル：7】【短剣術／レベル：8】【火魔法／レベル：3】

ローグは表示されたステータスを見て、コロンを褒める。

「頑張ったな、コロン。これで立派なシーフになったぞ！　王妃としての成長はまだまだだけどな」

「誰がシーフよっ⁉　トレジャーハンターって言ってくれないかな⁉」

続いてミラがローグの問いに答えた。

「私は……以前からもう少し剣技を増やしたかったのですが、今回の修業で課題を克服出来たと思います。そして、また新たな課題も見つかりました」

新たな課題が自覚出来たなら、それはさらなる成長に繋がる。ミラにとっては良い結果に終わったのだろう。

ミラに続きジュリアも感想を述べた。

「ん〜、私もレベルが上がったおかげで魔力総量が増えて、中級魔法を連発しても大丈夫になったみたい。これであのクズを……！　ふふふ……」

何故か不敵な笑みを浮かべるジュリア。

そして最後にゾルグが答える。

「俺は……実はいまいち強くなった感じがしない。ジュリアの魔法を見てから魔法の合成を思案してはいるが、これがなかなかな……。何かコツはあるのだろうか？」

「ん～……？　コツはどういう魔法にするかしっかりイメージする事かな。あとは魔法を合成する時に使う魔法の魔力を均一にする事。特に反対属性は混じりにくいんだよ。ただし、これは二種合成に限るんだけどね。そう言えば、ゾルグの適性は？」

「俺か？　俺は……火、雷、闇だな」

「なるほど、じゃあ俺がやって見せるから、それを手本にしてみて」

ローグは右手に火、左手に闇魔法を出し、二つの魔法に流す魔力を均一化し、手を組んで混ぜる。上手く混じっている事を確認し、左手を離した後、右手を開いて上に向けた。

「炎獄《えんごく》魔法《まほう》、【ヘルフレイム】！」

ローグの右手の上に黒い炎がゆらゆらと揺れている。

「これは相手を燃やし尽くすまで決して消えない地獄の炎だ」

ゾルグは黒い炎を見て驚きの声を上げる。

「な、なんて、魔力だ！　これが魔法合成か！」

「じゃあ一回消すよ？　さっき相手を燃やし尽くすまで消えないって言っただろ？」

「ああ」

「でも、相手に放つ前なら、流す魔力を切る事で消せるんだ。こんな風にね？」

ローグは拳を握って魔力を切り、黒い炎を消した。そして次の魔法を見せる。

「で、雷と闇を混ぜると……雷獄魔法《らいごくまほう》……【ダークボルト】！」

今度はローグの指先から黒い稲妻《いなずま》が走った。

ローグの前にあった大きな岩が黒い稲妻に貫かれ、跡形もなく吹き飛ぶ。

さらに、黒い稲妻は奥の壁まで貫通し、当たった場所を黒焦げにした。だが、穴が空いた迷宮の壁はみるみる元通りに戻っていく。これはダンジョンの壁は破壊出来ないという性質による自動修復だ。

「これもまた凄まじい威力だな……。なるほど、これが俺の目指す完成形か。分かりやすい、ありがとう、ローグ」

「いや。手本もなしにいきなりやれと言われても、無理な話さ。この魔法合成を身につければ、ゾルグはまだまだ強くなれるし、攻撃のバリエーションも増える。頑張れよ？」

「ああ、魔力が枯渇《こかつ》するまで打ち込むとしよう」

真面目な奴だと、ローグは笑った。

一通り現状を把握したローグは、皆を見ながら次の段階の説明をする。

「よし、皆の進捗状況は把握した。ゾルグは魔法合成の練習、ジュリアは魔法のスキルレベルを上げて、魔法の威力向上と新魔法の習得。で……コロンは……好きに宝箱でも漁って来ていいよ」

「マジで!? よぉっし！　お宝漁るぞ〜！」

コロンは戦力としてはまだまだ未熟な部分はあるが、斥候に関してはパーフェクトだ。九十階層の敵ならもう問題はないので、ローグは何も言わずに好きにさせる事にした。

さっそく、ゾルグとジュリア、コロンはそれぞれ階層を下りていく。

しかし、ローグに名前を呼ばれなかったミラは困惑の表情で立ち尽くす。

「あの、ローグ殿。私は何故残されたのでしょうか？」

「うん、今からそれを説明するよ。これはあまり大っぴらに出来ないからね」

ひとまず言えなかった理由があって残されたと知り、ミラの表情は緩んだ。

「まず、魔力が少なくて魔法をほとんど使えないミラは、あの三人に比べたらけっこう不利でしょ？」

「それは……はい。しかし、いかにローグ殿でもこの問題ばかりは……。私は魔法を使わずとも剣技だけで大丈夫ですよ？」

「本当に？　魔法が羨ましいなぁって欠片《かけら》も感じない？」

その問いはミラの心を見透かしているような、少し意地悪な質問だった。

「羨ましいとは思います。魔法があればいくらでも戦闘パターンを増やせますし」

「だよね。だからさ、ミラにはスキルを付与するよ。今からミラに竜の攻撃スキルを付与する。受けるなら目を閉じてくれる？」

「りゅ、竜のスキル⁉　ごくっ……！」

ミラは固唾《かたず》を呑み、スッと目を閉じた。

剣一本ではこの先厳しいだろうと自覚していたのかもしれない。ミラは素直にスキルを受け入れる選択をした。ローグはミラの頭に手をかざし、竜の攻撃スキルを付与する。

「目を開けていいよ。自分の目でステータスがどう変わったか確認してみてくれるかい？」

「は、はいっ！」

ミラは緊張の面持ちでステータスを確認する。

名前：ミラ・グランデ
種族：ヒューマン　レベル：220
体力：2800／2800　魔力：100／100
▼スキル
【転移】【剣術／レベル：8】【アースブレス】【アクアブレス】【ファイアブレス】
【アクアストーム】【火竜の咆哮《バーニング・キャノン》】

ステータスを見て、ミラの表情が輝く。

「こ、これが……！」

「うん、竜のスキルだよ。これで魔力が少ないミラでも範囲攻撃が出来るでしょ？　ただし、この竜のスキルは魔力ではなく、体力を消費して放つものなんだ。無闇に連発するとすぐにスタミナ切れになる。それから、このスキルを使う場面は本当に危険な時のみにしてくれ。人の身で竜のスキルを使っていたら、何アイツ化け物？　って思われちゃうかもしれないしね」

ローグは軽い感じで言ったが、ミラにしてみたら深刻な問題だ。

「体力を……ですか。分かりました。化け物呼ばわりはちょっと嫌ですので、乱用は控えます」

ローグはミラの肩にポンと手を置いた。

「よし、じゃあスキルも付与したし……次はミラがどれくらい剣技を使えるか確認しよう。使える技を全て俺に見せてくれる？　もしいけそうなら、新しい剣技を教えるよ」

「新しい剣技ですか！　分かりました、よろしくお願いしますっ！」

ミラは少し離れた場所で長剣を構え、演武を開始した。

ミラが身につけていた技は全部で四つ。振り下ろす【二段斬り】、素早く二回突く【二段突き】、自分の剣を相手の剣に巻き付け武器を奪う【巻き上げ】、そして自分の身体を回転させて遠心力を利用して斬る【回転斬り】だ。技を出し終えたミラがローグに尋ねる。

「ど、どうでしたか？」

「まぁ、一つ一つの技の精度は良いかな。ただ、少し動きが単調な技が多いな。もう少しバリエーションがあった方が、相手の防御を崩しやすいはずだよ」

「はうぅ……。やっぱり攻撃パターン少ないですよね」

ローグはミラの頭をポンポンと叩く。

「気にしなくていいよ。今からミラの剣術レベルで使える剣技を教えてあげるからさ。でも……完璧に身につけられるかどうかは努力次第だ。頑張れるかな？」

「は、はいっ！　よろしくお願いしますっ！」

「よし、じゃあ、俺の動きをよく見ておいてね」

ロークは魔法の袋から取り出した長剣を構えて見本を見せる。

袈裟斬りから切り上げを連続して放つ【V字斬り】、横薙ぎから唐竹割《からたけわ》りへと瞬時に繋げる【十文字斬り】、そして素早い突進から見えない速さで幾度《いくど》も斬撃を放つ【音速剣】。

ローグはいとも容易《たやす》くやってのけたが、並みの人間には速すぎて何をやったのか動きが追えない。

そこで、今度はミラにも分かるようにゆっくりと動き方を見せる。

「いい？　今の三つの技はどれも剣速が重要なポイントだよ。剣速が足りないとただの連続攻撃になって、簡単に防がれてしまう。たとえば……」

ローグはゆっくりと袈裟斬り、切り上げと繋ぐ。

「なるほど！　これなら私にも対処出来そうに思えます」

「基本的には【二段斬り】の応用だからね。でも……【V字斬り】！」

ローグはV字の残像を残すほどの高速で剣を振るった。

「こうやって一つの動作になるくらいまで剣速を高めれば、たとえ相手が初撃に反応したとしても、その頃には二刃目が命中しているというわけ。【十文字斬り】も同じだからね？　横薙ぎと唐竹割りをほぼ同時に叩き込む。これは当たる時に十字に見えるでしょ？　だからアンデッドに大ダメージを与えられる。それどころか、極めれば非実体系のゴーストも斬れるんだ」

「私にも可能なのですか？」

「うん、ミラは剣術のレベルが高いから、多分大丈夫だと思うよ。もし出来なかったら素早さを鍛えるしかないね。で、その素早さを鍛えた先にある技が、これね。【音速剣】！」

ローグは突進しながら剣を振り駆け抜ける。

ミラにはローグが剣を振り終えた後に、斬撃の音が聞こえたように思えた。

「えっ？　ま、全く見えなかったのですが……？　しかも振り終えたと思ったら、音が後から……」

「剣を限りなく速く振るのが、この技のポイントなんだ。これを覚えたら、敵は何をされたか分からないうちに、倒れているだろうね」

「た、確かに……！」

ローグは長剣をしまい、ミラを見る。

「動き方は見せた。あとはひたすら反復練習と素振りを繰り返すといいよ。ミラならいずれ必ず出来るようになるから、頑張ってね」

「は、はいっ！　ありがとうございましたっ！」

ミラは剣を握りながら、頭を下げた。彼女は自分に足りないものを簡単に見抜き、なおかつ的確に指導してくれるローグに尊敬の念を抱いた。

「はは、これは修業だからね、教えるのは当然だよ。さあ、三人を追いかけよう！」

「は、はいっ！　今参りますっ！」

†

それからさらに一週間掛け、ミラは習った技を全て身につけた。

他の三人も含め、全員レベルが２００後半まで上がり、もはや古代迷宮にはローグ達の敵となる相手はいなくなっていた。

ローグは九十階層のセーフエリアで皆を労う。

「皆、三週間よく頑張った。冒険者で言えばプラチナランク相当の強さになっただろう」

褒められた四人は大層喜んだが、ローグは皆が浮かれないように釘を刺す。この程度で満足して、努力する事を放棄してもらっては困るからだ。

「だけど……ここから先に進めるかは本人次第だよ。怠《なま》ければ弱くなるし、経験を積めばさらに強くなれるだろう。俺一人だけの力で、世界の全てを救えるはずはないんだ。俺と仲間達皆の力を合わせて、世界を平和にしようじゃないか。これからもたくさん迷惑を掛けるだろうし、世話になるだろうけど、俺についてきてくれるかな？」

コロンが真っ先に答えた。

「ローグがいなきゃ、私はこの迷宮で死んでたわ。だから、私は死ぬまでローグの力になるよっ！そ、その……妻だし……ごにょごにょ……」

コロンに続きミラも力強く頷く。

「私もです。新たな力を与えられた以上、それを活かさないと……。これからも怠ける事なく精進しますっ！」

そしてジュリアがそれに続く。

「私だって、ローグに会えなかったら、今頃まだベッドの上で包帯ぐるぐる巻きのままだったかもしれないし……。ローグには色々助けてもらったから、私もローグの力になれるならなりたいっ！」

最後にゾルグが話を纏めた。

「俺はローグに家族を……そして国までも救ってもらった恩がある。それに、友に力を貸すのは当然の事だろう。この力、使えるならば存分に使ってくれ、ローグ」

皆の言葉を受け、ローグは感動に打ち震えていた。

「皆……ありがとうっ！　これからもよろしく頼むよ。じゃあ、今日はカプセルハウスで疲れを癒そう。皆の修業終了のお祝いに、今日は俺が酒と料理を振る舞うよ」

「「「ローグの手料理と酒っ!!」」」

四人は修業の疲れも忘れた様子で、カプセルハウスへと走って行った。

「食事の前に、風呂で汗を流してきなよ！　ふふっ……食いしん坊ばかりじゃないか。さぁて、何を作ろうかな……」

この後一日ゆっくりと休息をとり、ローグ達はアースガルドへと戻ったのであった。

†

同盟会議まで残すところ六日。古代迷宮から戻った一行は、それぞれの部屋で、修業の副産物として拾った宝箱を開封していた。

中身に一喜一憂《いっきいちゆう》するコロン達と違って、ローグは既に何度も潜っていたため驚きは少なかったが、それでも貴重な素材や金貨が手に入るのは喜ばしい。

自分の取得物を確認し終えたローグは、コロンの様子を見るために部屋を訪ねた。

「いやぁ～……古代迷宮良いわぁ～。新しい装備品をいっぱい拾っちゃった！　アンブロシアはやっぱり拾えなかったけど、見た事ない強そうな装備が山盛り！　これを売れば……にひひっ」

コロンはゴキゲンだったが、それでもアンブロシアを引けないあたり、つくづく運が悪かった。

そんなコロンに、ローグは尋ねる。

「そう言えば……なんか使えそうな装備あった？」

「ん、この剣とか……後はこれ！　今装備してみるから、ちょっと待っててね」

そう言って、コロンは着替えるために一度部屋を出た。

「さて、一体何を拾ったのやら……」

しばらく待っているとコロンは真新しい装備を纏って戻ってきた。

何やら動物の耳のような突起のある黒いフード付きローブと、細身の短剣を身につけている。

「お待たせっ！　ねぇ、どうかな？　少しは強そうに見える？」

「う～ん見た目は様になってるね。それで性能の方はどうなの？」

コロンは首を傾げて言った。

「うん？　分かんな～い。ね、ローグ、これ鑑定してみて？」

「はぁ？　もしかして……それ、見た目だけで装備してたの!?　【真贋】はどうした!?」

「【真贋】は価値しか分からないのよ！」

それでは商人のスキルではないか……と、ローグは思った。

そんな中コロンは胸を張り堂々とこう宣言した。

「女の子は見た目重視なのっ！　性能なんて二の次なんだから！　もしそれで性能も良かったら……お得じゃない？　ねぇ、鑑定して～？」

コロンは甘えながらすり寄ってくる。

「こういうところがずるいんだよなぁ。分かったから、とりあえず一回離れて。これじゃ全然見えないし」

「は～い。どう、見える？」

少し離れた位置に立ったコロンを鑑定し、ローグはその内容を口にする。

「えっとまず、武器は『疾風《しっぷう》の短剣』だね。装備していると素早さが上がるみたいだ。で、一回の攻撃で二回攻撃が当たるという特性付きだね。良いじゃん。それ、シーフにもってこいの武器だよ」

「へぇ～。装備した時身体が軽く感じたのはそのせいかぁ。なるほどなるほど。で、次は？」

「はいはい。え～と……防具は『ネコ耳付き黒ローブ』。性能は……ネコのように身軽に動けるだって。尻尾の部分は魔力を流すと自在に動かせる、か。う～ん、微妙かな？」

「尻尾？　これかにゃ？　んっ……！」

コロンは尻尾部分に魔力を流そうと試みる。

「にゃ！　こいつ……動くにゃ！」

「……コロン、お前それわざと？　さっきから口調変じゃないか？」

「にゃ？　いつも通りにゃよ？　変にゃ、ローグにゃ」

コロンはそう言うものの、明らかに語尾が〝にゃ〟になっている。ローグはさらに鑑定の説明を読む。

（なになに……長時間着ていると気分がネコになる。ネコのように自由気ままになりたいアナタにオススメ。なお、脱ぐと口調や行動は元に戻る。これは呪いではなく、ユニークアイテムの効果。本人はいつも通り話しているつもりなので注意が必要、か。なるほど、呪いではないんだな。面白そうだし少し黙っておこうかな。今のところ実害はないし）

コロンは不思議そうにローグを見る。

「にゃ～……何かおかしいにゃ？」

「ぷっ！　い、いや？　何でもないぞ？　うん」

コロンはまるで本物の猫のように床に伏せると、手で顔を洗ったり、足でネコ耳部分を掻いたりしはじめる。

「にゃに見てるにゃ？　分かったにゃ～！　もう……仕方にゃいにゃあ～」

そう言うと、コロンはとんでもなく身軽に跳躍《ちょうやく》し、ローグに飛び乗ってきた。そして頭や鼻をすり寄せてくる。

「ローグからいつもより良い匂いがするにゃ！」

「ちょ、おい！　そろそろ離れて！」

「嫌にゃ！　なんかポカポカするにゃ〜。このまま眠れそうにゃ〜」

（猫は欲望に忠実というか、気分屋というか。これ、正気に戻ったらどうするんだろう。とりあえず……毛糸玉でも転がしてみよう）

そう考えたローグは、魔法の袋から毛糸玉を取り出し、放り投げる。

「ほ〜い」

「うにゃ〜〜〜！　うにゃっ！　うにゃっ！」

コロンはすぐさま毛糸玉に飛びつき、床をゴロゴロと転がってじゃれはじめた。

（何この動物感……もうほとんど呪いじゃないか。だけど……これはこれで面白いな！）

ローグは約三十分間色々な玩具を使ってたっぷりコロンをからかった。

しかし、宙返りした瞬間にコロンの頭のフードが外れた。

しばらくの間、重苦しい沈黙が続く。そして……

「いっそ殺してぇぇぇぇっ！　あんなの私じゃなぁぁぁい！　ローグに弄《もてあそ》ばれたぁぁぁぁっ！」

コロンの絶叫が響き渡った。

「人聞きが悪いなっ!?　そのローブを選んだのはコロンでしょ!?」

「うっうっ……。こ、このローブは危険だわ。頭では分かってるのに、何故か抑えが効かなくなる！　本能で身体が動いちゃうのっ！」

「こんなの戦闘中に使ったらかえって危ないし、これじゃシーフの役割も無理だね。代わりにこれをあげるよ」

ローグはコロンからネコ耳付き黒ローブを回収すると、自分の戦利品の中から代わりの防具を取り出して手渡した。

「これは？」

「それはミラージュドレス。色は前と同じピンク。魔力を流すと周囲の景色に同化出来るってところかな。これに【気配遮断】スキルを使えば、敵からは視認されなくなるんだ」

「こんな良い装備があるなら、最初から出してよ!?　猫耳とか試した私がバカみたいじゃないのよ!?」

ローグは笑って言った。

「いや、あれはあれで可愛かったよ？」

「絶対嘘だっ！　顔笑ってるし！　むき〜〜っ！」

コロンは恥ずかしそうに顔を真っ赤にするのであった。

コロンの修業完了時のステータスと、現在の装備は次の通りだ。

名前：コロン・セルシュ
種族：ヒューマン　　レベル：290
体力：2620／2620　　魔力：1480／1480
▼スキル

【転移】【宝ドロップ率アップ】【真贋】【獲得経験値倍加】【盗賊王の心得】【剣術／レベル：7】【短剣術／レベル：MAX】【火魔法／レベル：4】
▼装備品
疾風の短剣／シーフバックラー／疾風の小手／サイレントブーツ／ドワーフ製解錠セット／風のピアス

コロンをからかって満足したローグは、次にゾルグの部屋へと向かった。

「ローグか、どうしたんだ？」

「いや、ちょっと皆の修業の成果を聞いて回ってるんだ。どう？　ゾルグは今回、何かを得た感ある？」

「あぁ、十分にな。宝箱から得た新装備、レベル上昇による能力の向上。後はこれだな」

そう言って、ゾルグは右手から火魔法、左手から闇魔法を出して混ぜてみせた。

「もう完成させたのか！　凄いな、ゾルグ！」

「ふっ、お前はもっと先に行っているのだろう？」

「まあね。俺は全属性の魔法が使えるからさ。それを全部混ぜた必殺魔法があるんだ。竜の腹にさえ風穴を開けるくらいの威力だぞ」

「やはりな。いずれ俺も使えるようになりたいのだが、どうすればいい？」

さっそく興味を引かれたゾルグが身を乗り出す。

「まずは、全属性を使えるようになる事だね。得意属性ではなくても、スクロールさえ読めば全ての魔法を覚えられるからね。あとは一番苦手な属性に合わせて魔力を調整して合成すればいい」

「言うほど簡単ではないんだろう？　だが、これは良い訓練になりそうだ。教えてくれてありがとう、ローグ」

「気にするなって。装備はどんな感じになったんだ？　ステータスを見せてくれないかな？」

「ああ。今装備するから待っててくれ」

ゾルグは魔法の袋から装備を取り出し身につけていく。ゾルグの選択した物は黒を基調とした装備だ。両手に刀を持っており、鞘は背中に背負うタイプらしい。装備を終え、ゾルグがステータスを開示した。

名前：ゾルグ・ギルオネス
種族：ヒューマン　　レベル：300
体力：3800／3800　　魔力：2200／2200
▼スキル
【威圧】【消費魔力減】【二刀流】【剣術／レベル：MAX】【火魔法／レベル：7】【雷魔法／レベル：6】【闇魔法／レベル：6】
▼装備品
名刀正宗／妖刀村正／漆黒の鎧／鬼蜘蛛の小手／漆黒のブーツ／魔法の袋

「へぇ……なかなか良いんじゃないかな？　見た目もゾルグによく似合ってる」

「そうか？　派手な色はあまり好きじゃなくてな」

そう言い、ゾルグはステータスを閉じる。ローグはゾルグに問い掛けた。

「最初に会った時に比べたら随分強くなったけどさ、これからももちろん鍛練は続けるんでしょ？」

「あぁ、この後早速スクロールを買いに行くつもりだ。迷宮で金もたんまりと拾ったしな」

ゾルグは金貨のギッシリ詰まった袋を取り出し、ローグに掲げて見せた。深層で稼ぐと大体こうなる。

「そっか、やる気に満ちているみたいだね」

「お前の片腕になるためには休んでいる暇などないからな。じゃあ俺は今から出掛ける。また後でな」

「あぁ、頑張ってくれ！」

片手を挙げ、ゾルグは部屋を後にした。

「ゾルグは随分頑張ってるなぁ。何がそんなにやる気にさせているのやら。まぁ、強くなるのは良い事だし、怠けるよりは良いか。そうだ、今度訓練場を兼ねた闘技場でも創ろう。どうせなら広い場所で訓練させてやりたいしな」

ローグは新たな施設の案を考えながら、次の人物の部屋へと向かった。

しかし、目的の人物は部屋にはおらず、城の中庭で剣の素振りをしていた。

「ミラ、捜したよ。今少しいいかな？」

「はい？　何か御用でしょうか？」

「うん、ミラが迷宮でどれだけ強くなったか、改めて教えてくれないか？」

ミラは素振りを終えて汗を拭く。

「構いませんよ。ちょうど訓練も終わりにしようと思っていたところでしたので。私の部屋でよろしいでしょうか？」

「あぁ、構わないよ。後をついていくよ」

ローグはミラに続き、彼女の部屋へと向かった。

「こちらです。さ、中へ……っ!?」

ミラは一瞬扉を開いた後、音速で扉を後ろ手に閉めた。

「しょ、少々お待ち頂けませんでしょうか！　十分……いえっ、五分で構いませんのでっ！」

「あ、あぁ。何分でも構わないよ……？」

「も、申し訳ありませんっ！　それでは……」

ミラは素早く中に入り、バタバタと音を立てて片付けを始めた。

「一瞬チラッと見えたけど……脱いだ服やら何かが凄い散乱していたなぁ。ミラは普段結構キチッとしているのに……。まぁ、今は迷宮から帰って来たばかりだから仕方ない、という事にしておこう……」

二十分くらい経過しただろうか、ようやく扉が開き、中からミラが顔を出した。

ない。

「ぜぇ……はぁ……！　た、大変お待たせしました。ど、どうぞ、中へ……」

一見すると片付いているようだが、クローゼットは明らかにパンパンで、扉が閉まりきってい
「急にすまなかったね」

「い、いえ。あ、そちらのソファーにお掛けください。今お茶をお出しいたしますので」

「いや、お構いなく」

勧められてソファーに座ったローグだったが、ソファーの隙間に何か白い布きれが挟まっている
のを見つけて、手に取る。

「ん？　何これ？　ハンカチ？」

ローグが布を広げようとすると……ミラがすっ飛んできた。

「だぁぁぁぁっ！　ローグ殿っ！　か、返してくださいっ！　そ、それは私の下着ですっ！」

「す、すまない……！」

ミラはローグの手から素早く布を奪い取った。

「う、うぅ～……全部片付けたと思ったのに……！」

ミラは下着をポケットにねじ込み、ローグにお茶を出した。

「悪かったね。お茶頂くよ」

お茶を飲んで一息吐いたところで、ミラが質問する。

「それで、修業の成果の確認でしたか？　ステータスを見せたらいいですか？」

「あぁ。それと、何か良い物を拾えたなら、それも見せてくれないかな？」

「装備……あぁ、宝箱ですか。ええ、なかなかの物が手に入りましたよ。しかし……い、今ですか？」

ミラは落ち着かない様子で不自然に膨らんだクローゼットをチラリと見た。

恐らく、宝箱の中身もあの中に押し込めたのだろう。それを察し、ローグは装備は後日にという事にした。

「あ～、やっぱり装備は今度でいいや。今はステータスだけ確認させてくれる？」

「わ、分かりました！」

ミラはほっとした様子でステータスを開示した。

名前：ミラ・グランデ
種族：ヒューマン　レベル：295
体力：4200／4200　魔力：150／150
▼スキル
【転移】【剣術／レベル：MAX】【アースブレス】【アクアブレス】【ファイアブレス】
【アクアストーム】【火竜の咆哮《バーニング・キャノン》】

「随分体力に余裕が出てきたみたいだね。これなら竜のスキルも問題なく使いこなせるだろうね」

「はいっ！　ローグ殿にご教授いただいた技も全て会得しました」

「そうか、ミラも頑張っているなぁ」

「は、はいっ！　アースガルドを守る騎士として当然でありますっ！」

そう胸を張るミラを見て安心したローグは、以前から温めていたある考えを口にする。

「実は……俺はミラをアースガルドの騎士団長に任命したいと考えている。どうかな？」

「わ、私が騎士団長ですか!?　私には人を纏める力なんて……！」

ミラは恐縮した様子で首を横に振る。

「そうかな？　ミラなら出来ると思ったんだけど、何が問題なの？」

「……単純に能力不足ですよ。確かに迷宮で強くはなりましたが……。強さと人を纏める力は別ですよ。私は誰かに指導するとか、そういう能力が乏《とぼ》しくて……」

ミラは申し訳なさそうに下を向く。

「そっか……。いや、無理ならそれでいいんだ。騎士団長はゾルグにでも任せる事にするよ。それじゃあ、ミラはこれから何をしたい？　目標というか、目指す先というか、何かあるかな？」

ミラは少し言葉を詰まらせて悩む。

「目標……ですか？　う〜ん……う〜ん……理不尽な暴力に抗《あらが》えるだけの力は身につけたいですね。虐げられている人を見掛けたら助けられるといいますか……。曖昧《あいまい》で申し訳ありません」

「いや、その説明で十分だよ」

ローグは真剣な口調でミラに告げる。

「ミラ、これからアースガルドは様々な困難に立ち向かう事になるだろう。その時必ず君の力が必要になる。これからも力を貸してくれるかい？」

「もちろんです！　私はコロン様の騎士。ローグ殿はコロン様の旦那様なのですから！　この国に降り掛かる困難は、私が振り払ってみせます！」

「ははっ、頼もしいね。そんなミラだからこそ、騎士団長に任命したかったんだけどさ……」

ミラは申し訳なさそうに頭を下げる。

「も、申し訳ありません。それはまだ力不足でして……。で、でも！　いつか自分の力に納得出来た暁《あかつき》には、守備隊の隊長くらいなら拝命したいです」

「守りに重きをおくタイプか。分かった、気持ちが固まったら俺に意思表示してよ。待ってるからね？」

「は、はいっ！」

ローグはミラに発破《はっぱ》を掛け、部屋を後にした。


ローグが最後に訪れたのは、ジュリアの部屋だった。幸《さいわ》い、この後の予定は何もなかったので、彼女のこれからについてじっくり語るにはちょうど良い。

ローグはジュリアの部屋の扉をノックする。

「あ、ローグ？　どうしたの？」

「迷宮での修業の成果を確認しにきたんだ。今いいかな？」

「ええ。どうぞ？」

ローグは部屋に入り、ジュリアと向かい合って座った。

「さて、ジュリア。迷宮に入った感じはどうだった？　少しは強くなった実感はあるかな？」

「そりゃあね。入る前はレベルもかなり低かったけど、帰る頃には想像もつかないくらいレベルが上がったし。それに加えて魔法合成も覚えたし、自分ではかなり強くなったと思うわ」

確かに、迷宮で一番強くなったのは間違いなく彼女だろう。ローグは質問を続ける。

「それで、今後はどんなスタイルで行こうと考えているの？」

「スタイル？」

「剣士、魔法使い、魔法剣士とか。ちなみに、魔法剣士は武器に魔法を付与し攻撃するスタイルだね」

「魔法剣士……。あ、思い出した！　迷宮で凄い武器拾ったの！　ちょっと見てくれる？」

ジュリアは部屋の奥から一振りの剣を持ってきて、ローグに手渡した。

「これなんだけど。何かね、柄を握って風の魔力を流すと刀身から斬撃が飛んでいくのよ！　それも無数に！」

「んん？　刀身から斬撃が？　とりあえず鑑定してみようか」

ローグは鞘から剣を抜き、**【鑑定】**スキルを使う。


『魔剣アルティメットソード』

柄を握り、各属性の魔力を流す事で、それに対応する属性の効果を帯びた斬撃を放てる。ただし、柄以外からの魔力吸収は出来ない。また、この魔剣は破壊不能の特性を持ち、劣化する事もない。

「す、凄い剣だよ。これは魔剣アルティメットソード。流す魔力の属性によって様々な効果が発動するみたいだ。多分これ、全属性使えるかも。これがあれば、空いた片手で火魔法、魔剣で水の斬撃って感じで、色々な攻撃パターンが出来そうだね。風以外の効果は使ってみないと分からないな。正直……値段は付けられないと思うよ」

「そ、そんなに凄い物なの⁉」

説明を聞いたジュリアは剣の価値に驚きを露わにする。

「もちろん。いい？　この魔剣はまず魔法を付与するタイムラグがない。魔力を流せば即座に使えるから、当てる直前に魔力を込めて斬る事も出来そうだね。それと、絶対に壊れないし、劣化もしないから、手入れの必要がない。血や油を拭き取るだけでいいだろうなぁ」

「ローグが羨ましがるなんて……本当に凄い剣なんだね、これ。うん、私はこの剣を使って魔法剣士を目指そうかな！　これからいっぱい練習しなきゃ！」

ジュリアは大切そうに剣を鞘にしまい、壁に立て掛けた。彼女が戻ったところで、ローグは本題を切り出す。

「それで、今後の話をしてもいいかな？　ジュリア、君には俺と一緒にバロワ聖国の冒険者ギルド本部に行ってもらいたい。そしてその後、ムーラン帝国へと向かう。ムーランの皇子との結婚の件はしっかり決着をつけないと、いつまでも逃げ続けなきゃいけなくなるからね。それは、君の両親にも迷惑が掛かる。分かるね？」

「うん、分かってる。逃げてちゃ何も解決しないものね。それに……私はこんなに強くなれたし、強い仲間も出来た。私はもう逃げない。ローグ、私をムーラン帝国に連れて行って！」

「うん、全部片付けて安心して暮らせるように、頑張ろうな」

ジュリアは決意に満ちた表情で力強く拳を握った。

「さて、もう昼か。ジュリア、昼飯はどうする？」

「ん～……アンナさんに適当に作ってもらおうかなって。ローグは？」

「俺は……そうだな。そろそろアース達に肉を振る舞わないとなぁ。少し竜達と戯《たわむ》れてくるよ。じゃあジュリア、同盟会議の後旅立つから、準備をしておいてね」

「うん、分かった。じゃあ、またね！」

その後、ローグはジュリアと別れ、城の中庭にあるカプセルハウスへと向かった。


ローグがカプセルハウスの扉を開けると、アースが顔を出した。

「アース！　なんだか久しぶりだな。変わりはなかった？」

《む？　主か。変わりはなかったが……水竜の奴がな……》

「ん？　アクアがまた何かしたのか？」

アースが視線を向けると、隣の部屋からアクアがぬうっと這《は》うようにして出てきた。

《お、お酒～……。誰かお酒ちょうだいよぉ～！》

《昨日も一本飲んだだろうが、水竜よ》

《あんな安酒一本じゃ全然足りないわよっ！　あっ、ローグ、良いところに！　お酒っ、お酒ちょうだい！》

（やれやれ、こいつは依存症か何かなのだろうか）

ローグはアクアを華麗《かれい》にスルーし、バーンに話し掛ける。

「バーンはここの生活に不満はない？」

《うむ、水竜があんな状態で煩わしい以外は、特に問題はないな》

「そっか。なら……アースとバーンにはこの前のお礼としてこの肉を与えよう。ウォーターバッファローの極上霜降《しもふ》り肉だ。美味いぞ～？　いっぱいあるから、好きなだけ食べていいからな」

ローグは二匹の目の前に皿を置き、ウォーターバッファローの極上霜降り肉を山盛りにしてやった。アースとバーンは生の肉にそのままかぶりつく。

《どれ……あぐっあぐっ……う、美味い！　肉感が凄いなっ！　火竜も食ってみろ、これは美味いぞっ！》

《もう食ってるわ！　あむっ、んぐっ……うむ。これは美味いな！　これならいくらでも食えそうだ》

二匹の竜は、最上級の肉にありつけてご満悦だ。

そんな二匹の様子に目を細めながら、ローグは酒酒とうるさいアクアに話し掛けた。

「それで、アクア。お前、少しは痩せた？」
《痩せたわよ。一日十本だったお酒は一本まで減らしたし、運動代わりにモンスター狩りに行ってたわ！　でも、最近何故か手が震えるのよねぇ……》
「お前……それ、完全に病気じゃん？【リカバー】」
ローグはアクアに状態回復魔法を掛けた。
《あ……震えが止まった？　しかも……なんか頭がスッキリと……ローグ、ありがとうっ！　愛してる～っ》
アクアはぐるぐるとローグの身体にまとわりついて、喜びを表す。
「次からは気を付けてな？　竜が酒飲みすぎて死ぬとか、恥ずかしいからね？　ほら、迷宮で新しく拾ってきたやつだ。ちゃんと味わって飲めよ？　それ、最低白金貨二枚はするんだからな？」
そう言って、ローグは一本の赤ワインを水竜の前に置いた。
《これは？》
「鑑定した結果、どうやら異世界のヴィンテージワインらしい。何故迷宮にあるのかは分からないけど、それ一本しか拾えなかったんだ。何でも、赤身の肉によく合うらしいよ。そうだ、アース達もたまには飲まない？　アースとバーンはエールが良いかな？」
《うむ、主からの誘いだ、ぜひとも頂こうではないか》
《そうだな、肉ばかりで喉が渇いていたところだ。冷えたエールをくれるとありがたい》
そう言っている間に、アクアはワインを口に流し込んでいた。

《な、何これ！　うっまぁぁぁぁぁあっ！　お、おっと、いけないいけない……。もったいないから少しずつ味わって飲まないと！》

ローグは昼から三匹の竜達と宴会を始めた。カプセルハウス内は褒美に満足した竜達の歓喜の声で溢れていた。それを見てローグの表情がほころぶ。

（最近修業やらで竜達の相手をしてやれてなかったからなぁ。こんなのもたまには良いよね）

そこに、どこからどうやって嗅ぎ付けたのか、ドワーフ達が集団で現れた。

「こりゃぁぁぁぁっ！　宴会するなら、何故ワシらを誘わんのだ！」

「お、親方達……？　何故分かったんだ……？」

ドワーフ達は胸を張って答える。

「地の精霊から聞いたのじゃ！　そんな事より、宴会やるならワシらも交ぜんかい！　ローグ、酒じゃ！　樽《たる》で頼むっ！」

「分かったよ。人数が増えたし、庭でバーベキューにしよう」

ローグはやれやれといった感じで、魔法の袋から樽とバーベキューセットを出してやった。

「カイン、いるんだろ？　親方達にこの肉を焼いてやってくれる？」

すると、カインが木の陰からひょこっと顔を出した。

「たはは、バレたか。了解っと。肉はこの塊か？」

「ん？　あぁ、危ないからちょっと離れてて」

ローグは剣を構え、巨大な肉の塊に対峙した。

「剣技！　せんっ斬りぃぃぃぃぃっ‼」

ローグは肉の塊を凄まじいスピードで薄くスライスしていった。カインはそれを見てさすがに突っ込んだ。

「ちょっ！　何肉切るのに剣技なんか使ってんの⁉」

「こっちの方が早いだろう？　さぁ、どんどん焼いてくれ。そろそろ親方達が暴れ出しそうだ」

弟子という立場のカインは、師匠達のために肉焼き役を買って出た。

「はいはいっと。師匠〜、どのくらい食べますか〜？」

「「「全部じゃ‼」」」

「うへぇ〜……。しゃあないなぁ」

カインはひたすら焼き続けたが、一番美味い部位をこっそり食っていたのをローグは見逃さなかった。

竜達にドワーフ達を加えた宴会は、そのまま夜まで続いた。

たらふく飲み食いした竜とドワーフ達は酔いつぶれて眠ってしまった。

ローグはカインに話し掛ける。

「そろそろ暗くなってきたし、解散にしようか？」

「あぁ、師匠達も皆寝ちまったしなぁ……」

「ははっ、頑張って運んでくれ。俺は竜達を連れていくよ」

「ああ。ローグ、今日はご馳走《ちそう》様。また頼むよ」

「ああ。ドワーフ達にはたらふく飲ませるって契約だからね。俺がいる時は遠慮なく声を掛けてくれ。ただし、仕事はしっかり終えてからな？」

「ははっ、師匠達に言っておくよ。じゃあ、お休みな？　ローグ」

「あぁ。ほら、アクア、行くぞ？」

《むにゃむにゃ……もっと……お酒～……》

「やれやれ……。また太るぞ？」

ローグは小さくなって寝ている竜達を抱え、カプセルハウスに戻すのであった。

ちなみにカインはドワーフ達を持ち上げられず、台車を使って荷物のように運んだ。ただ、これが後でバレてめちゃくちゃ怒られたのは言うまでもない。

第四章　女王継承

同盟会議五日前。

城で執務をしているローグのところに、エルフの女性が一人、血相を変えて駆け込んできた。

「何かあったの？　そんなに息を切らして……」

「ぜ、全速力で走って来ましたので……。はぁっ、はぁっ……み、水ください……」

ローグはエルフに水を渡し、落ち着くまで待った。

「はぁ……ふぅぅっ……。ありがとうございました、ローグ様。実は先日、我が国エルフの女王が崩御《ほうぎょ》され、ローグ様の母君が女王候補の一人になりましたので、その知らせに参りました」

「え？　それだけのために走ってきたの？　女王候補なのは知っているし、手紙でも良くない？」

「い、いえ。実は他にもありまして……えっと……私が国を出たのが二日前なので……。こほん、本日昼より行われる新女王の選定式に、ローグ様に何としても参加していただきたいと、母君のフレア様のご希望です」

「ちょ……!?　今日の昼って!?　いくら【転移】があるからといっても、これじゃあ準備が間に合わないよ!?」

突然参加しろと言われたローグは、大いに困惑する。

「あ……。これはフレア様からの伝言で〝最強装備でお願い！〟との事です」

「礼服じゃなくて最強装備？　何それ？　いまいち意味が分からないな。まあ、装備は全てこの袋にあるし、とりあえず転移して、父さんに聞いてみようか。さあ、俺に掴まって」

ローグが手を差し出すと、女エルフは遠慮がちに腕を絡める。

「は、はいっ！　では失礼いたします」

「じゃあ、行こうか。おっと、その前に一応書き置きを残して、と。よし、じゃあ【転移】！」

ローグは机の上に書き置きを残し、エルフの国へと転移した。


「はい、到着」

「私が二日掛けて来た道のりが一瞬で……。やはり【転移】は凄いですねっ！　羨ましいです！」

「訪れた事がある場所と視認出来る場所にしか行けないんだけどね。えっと……父さんは……」

ローグは辺りを見回す。そこにちょうど、剣を肩に担いだバランが姿を見せた。

「よう、ローグ。お前、女の子と腕なんか組んで……モテモテか？　ははは」

そう指摘されて、腕に抱きついていたエルフは慌てて離れる。

「父さん、ただいま。新女王の選定式があるって聞いてさ。母さんは最強装備で来いって言ってたらしいんだけど、俺にはその意味が分からなくて。何か知ってる？」

バランは切り株に腰掛け、ローグに言った。

「フレアから聞いているぞ。今回の選定式は少し危険なんだとよ。普段なら世界樹が女王になる者を一人選んで語り掛けるんだが、今回はどうやら少し事情が違って、七人の候補全員に語り掛けたらしい」

「……じゃあ、誰が女王になるの？」

「ああ。実はその七人にある〝課題〟が出されて、それをクリアした者を、次の女王に認めるって話になっているみたいだぜ。で、その課題のために世界樹の地下迷宮に挑む必要があるんだが、女王候補者が直接潜るのは危険だろ？　だから代理人を立てて迷宮に挑戦するんだ。それで、フレアは代理人としてお前を呼んだってわけだ」

「は、はぁ!?　それに俺が出るの!?　父さんが出ればいいじゃないか!?」

ローグにそう言われたバランは、急にわざとらしく咳き込む。

「ごほっごほっ……。俺はほら、最近足が治ったばかりだし、体調がな……ごほっごほっ」

（わざとらしい……。今剣を担いできたじゃないか……）

そう思いつつも、ローグは観念して頷いた。

「はぁ……。分かった、分かりましたよ。で、肝心の課題の内容は？」

断ったところで絶対に食い下がる気だと察したローグは父の言葉に頷くしかなかった。

「さすが俺の息子、頼りになる！　課題の内容の詳細はフレアから聞いてくれ」

「むちゃくちゃだなぁ。で、いつから始まるの、それ？」

「今日の昼からだ。世界樹の根元にある入り口で、フレアが待っている。今から行くぞ？」

バランは満足げに笑いながら、ローグを世界樹の根元まで案内した。

エルフの村を出て森の中を走る事しばらく、木々の合間から、巨塔の如き太い幹が見えてきた。

「ローグ！　待ってたわっ！　来てくれたのねっ！」

ローグ達の姿を発見したフレアが、嬉しそうに駆け寄ってくる。

「まったく……いくらなんでも急すぎるよ、母さん」

「ごめんごめん。でも、この課題で次期女王を選ぶと決まったのは、女王が崩御した後だったのよ。だからあまり準備の時間がなくて。ほんの数日前の事だったのよ。相手が竜じゃなかったらバランでも大丈夫だったかもしれないのだけれどねぇ……」

「ちょっと待って、竜!?　今回の件に竜が絡んでるの!?」

唖然とするローグに、フレアは今回の件についてと世界樹の地下迷宮について説明を始めた。

「世界樹の地下迷宮の最下層に風の竜がいるそうなの。その深さは百階層。今のところ、世界樹に被害はないけれど、その竜が何を考えているのか全く分からないから、確認してほしいというのが、世界樹からのお願いね。もし危険と判断したら討伐してほしいのよ」

深さを聞いたローグは唖然とする。

「地下百階って古代迷宮並みじゃないか。それを五日……いや、もう昼だから四日半か。間に合うかな……」

「ローグ、焦っているみたいだけど、何か用事でもあるの？」

「うん。同盟会議があるんだよ。一応、書き置きしてきたから大丈夫だとは思うけど……」

「あら……そんな大事な時にごめんなさいね」

そこへ、一人の年老いたエルフの男性がやってきた。

「その少年がフレアの選んだ者かの？　ん？　そやつ……もしやハーフエルフか」

「エルンスト様。はい、この子は私の息子です。ローグ、こちらは先代女王のご主人であらせられる、エルンスト様です。挨拶を」

ローグはエルンストに頭を下げる。

「お初にお目に掛かります。俺はフレアの息子、ローグと申します。以後お見知りおきを……」

「ほっほ、なかなか強そうではないか。フレアよ、良い息子を持ったな」

「えぇ、自慢の息子ですわ。ほほほほほっ」

エルンストは蓄えた髭を擦りながらローグに言った。

「今回の世界樹からの依頼に参加出来るのは、女王候補達が選んだ代表者七人のみじゃ。あまり大人数で押し掛けて竜を刺激したくはないからのう。お主以外の六人は全員エルフじゃ。言っておくが、迷宮は危険な場所じゃぞ。中には当然魔物もおるでな。普段はワシが結界を張って外と隔てておるが、いつの間にか竜が結界を破り潜り込んでしまったようでのう。当然、この試練は命の危険が伴《ともな》う。それでも構わんかの？　アースガルドの王、ローグよ？」

エルンストは片目を開けながら、ローグにそう言った。

「ご存じでしたか。はい、確かに私はアースガルドの王ではありますが、今回はフレアの息子として参加させていただきます。もし私に何かあったとしても、国は無関係と考えてください」

「ほっほ、ならばよい。では、そろそろ参ろうか。他の六人が入り口で待っておるでな。フレア、息子を借りていくぞ？」

「ええ。じゃあローグ……気を付けてね？」

「はい。では行ってきます、父さん、母さん」

ローグはエルンストに連れられて、迷宮の入り口へ向かう。

世界樹の根元にある迷宮の入り口の扉には、大きな爪痕《つめあと》が残されていた。竜は無理矢理入り口をこじ開けたのだろう。そしてその側には既に六人のエルフが既に待機していた。装備はまちまちだが皆美しい顔立ちをしており、六人全員が女だった。どうやら、エルフは女性の方が強いらしい。

「待たせたの、こやつが最後の一人のローグじゃ」

エルンストは待っていたエルフ達にローグを紹介し、課題について説明を始めた。

「では、全員揃ったところで改めて今回の課題について説明しよう。ローグも良く聞いてくれ」

ローグは六人のエルフの隣に並び、エルンストの言葉に耳を傾ける。

「ごほん。今回の課題の内容は最下層にいると思われる竜の確認じゃ。竜は賢い。我らの言葉をちゃんと理解出来る。そこで、お主らには風の竜がなぜこの迷宮に潜り込んだのか、そして目的は何かを確認してきてもらいたい。その目的次第では風の竜を討伐する必要がある。なお、迷宮内部には魔物が現れるので、命の危険があるが……皆大丈夫かの？」

「「「はいっ！」」」

全員の返事を受け、エルンストは首を縦に振った。

「うむ。道中魔物を倒して得た宝は全て主らの好きにして良い。それと、参加者同士の争いは禁じる。いかなる理由があろうと、私闘は許可しない。もしこれを破った場合、その者はエルフの国から永久に追放する。よいか？」

「「「はいっ！」」」

「うむ。風竜と接触し、その目的が分かった場合は速やかに迷宮から帰還し、知らせるように。討伐した場合は証明出来る部位を持ってきてほしい。何か質問はあるかの？」

エルンストの問い掛けに、一人のエルフが手を挙げる。

髪は肩に掛かるくらいで前髪をキッチリ揃えている、真面目そうな女性だ。

「はい、一番村代表のウィズです！」

「うむ、何かの？」

「はい。参加者同士共闘する事は大丈夫でしょうか？」

至極当然の質問だ。

この六人のエルフの実力が単独で竜と戦えるほどとは、ローグには思えなかった。

「ふむ。参加者同士が納得の上で代表を決め、新女王の座を諦めるのであればの。お主らは候補者が自らの代理として選んだ者じゃ。その権限は候補者と同等。お主らの責任において判断せよ。それと、道中参加者に命の危険があった場合は救援を認める。ただし、共謀《きょうぼう》して誰かを陥《おとしい》れるのは許さぬ」

「分かりました、ありがとうございます」

ウィズは頭を下げ、列に戻った。次にローグが手を挙げる。

「期限はありますか？」

「期限か……。そうだな、最長で二ヵ月。それを過ぎても戻らぬ場合は、死亡したものとして、再び迷宮の入り口を封印する」

「分かりました。ありがとうございます」

「うむ。では、他に質問がなければ封印を解くが……よいか？」

全員こくりと頷く。

「うむ、ではこれより、新女王選定式を開始するとしよう。【封印解除】！」

エルンストが扉に向かって手をかざす。

すると迷宮入り口の扉に魔法陣が浮かび、光となって魔法陣が砕けた。

スキル【精霊魔法／レベル：MAX】を入手しました。

直後、ローグは思いがけず新たなスキルを手に入れた。

どうやら迷宮の封印はエルフ特有の【精霊魔法】による結界だったらしい。

「では、皆の健闘を祈る。ワシは入り口の前で待っておるとしよう」

エルンストの言葉に驚き、ローグは質問する。

「家も何もないみたいですけど、こんな場所で二ヵ月も待つつもりですか？」

「ほっほ、ワシらエルフにとっては二ヵ月くらいあっという間じゃ。それに、ワシらは森の民。森が家みたいなものじゃからのう。心配は無用じゃ」

「それでも、寝床《ねどこ》くらいはあった方がいいでしょう？　俺のカプセルハウスを使ってください」

そう言って、ローグはカプセルハウスを入り口の前に設置した。

「おおぅ、すまぬな！　ありがたく、借りよう。しかし、この件で贔屓《ひいき》はせんからの？」

「分かってますよ。心配しただけです」

「ほっほ、優しい心をもっておるな。さ、行くがよい」

「「「はいっ！」」」

こうして、ローグを含む七人の代表は世界樹の地下迷宮に挑む事になった。

早速封印が解かれた迷宮へと突入する。

期限は二ヵ月とはいえ、ローグにはのんびりしている時間はないので、全力で進もうとする。

しかしその矢先、一緒に入った六人のエルフ達がローグの前に立ち塞がった。

「何か用？　悪いが、急いでいるんだ。用件があるなら、早く言ってくれると助かる」

急に道を塞がれたローグはその行動を怪しみ、少しだけ威圧を込めた声で聞いた。

しかし、エルフ達は怯まない。先程エルンストに質問したウィズが代表して答える。

「あの、これは私達全員で話し合ったのですが……。私達の力では風の竜などを相手に出来るわけがありません。それどころか、地下百階に到達するのもままならないでしょう。食料や物資もギリギリですし……」

どうやら邪魔をする気ではなさそうなので、ローグは警戒を解いた。

「何が言いたいの？」

「はい。もしよろしければ、私達を連れて行ってはもらえませんでしょうか？　もちろん、代表はローグ様で構いません。むしろ、私達はフレア様に次期女王となっていただきたいのです」

ローグはエルフ達を見る。

「それは全員納得しての意見なのかな？」

「はいっ！　どうかご検討ください」

エルフ達は揃ってローグに頭を下げた。

「分かった。連れていくのは構わない。けど、君達がどのくらい戦えるのか把握しておきたい。だから、まずは君達が先行して俺に力を見せてもらえるかな？　状況が厳しそうに見えたら助けるから、心配しなくていいよ。それと、もし休みたくなったら言ってくれ。エルンストにも貸したカプセルハウスがまだ他にもある。食事も提供してやれるぞ」

「それはありがたいですね。では……浅層から中層は私達で何とかいたしますので、ローグ様は支援をお願い出来ますでしょうか？」

「分かった。じゃあ、出発しようか」

ローグはエルフ達に先行させ、その力を観察していく事にした。

六人のレベルは平均して200前後といったところで、使う武器は短剣一人、弓二人、長剣一人、そして魔導師が一人と治癒師が一人。パーティーとしては比較的バランスが良い。

あまり時間がないので、ローグは最短ルートを進むためにナギサに協力を求めた。

《マスター、そこを右に曲がると階段があります》

迷宮のマップを把握しているナギサが、ローグに道を示す。

「そこを右に進むと、階段がある」

ナギサの案内を頼りに、ローグはエルフ達に道順の指示を出していく。おかげで希望通りの最短コースを迷う事なく進んでいる。

そうして、一行は地下三十階までを危なげなく踏破出来た。

ここまでの経過時間は六時間。そろそろエルフ達に疲れが見えてきたため、ローグは少し休憩させる事にした。周囲にエルンストから頂戴した【精霊魔法】による敵避けの結界を張り、そこにカプセルハウスを出した。

「皆、少し疲れが見えるな。ここで一旦休憩にしよう。さ、中に入って休んでくれ」

「いいのですか？　なら、お言葉に甘えるとしましょうか。皆もいい？」

仕切り役のウィズが、他のエルフ達を促す。

「「「「はいっ」」」」

皆が中に入ると、ローグはお茶と軽い菓子をテーブルに出した。

「じゃあ皆、手を洗ったら席に着いてくれ。お茶にしよう。ハーブティーとフルーツケーキだ。遠慮せずに食べてくれ。あと、食べながらで良いから俺の話に耳を傾けてほしい」

ウィズがお茶を一口喉に流し込みローグに尋ねる。

「話ですか？」

「ああ、と言ってもまだ全員の名前も知らないから、良かったら自己紹介してもらえるかな？」

「そうですね。一番村から順に自己紹介をしていきましょうか」

ウィズを皮切りに、自己紹介が始まった。

「まず、私が一番村の代表でウィズと申します。得意武器は長剣です。いわゆる剣士タイプですね。よろしくお願いいたします」

「次は私ね。二番村代表ライラよ。得意武器は短剣、能力は斥候ね。よろしく」

ライラはショートの髪で猫っぽい目をしている。元気そうなタイプだ。しかし斥候と言うだけあり、明るそうな雰囲気の中にも強《したた》かさが見え隠れしている。

「三番村代表のロワ。得意武器は弓。……よろ」

ロワは何故か怠そうにしていて、言葉数も少ない。子供っぽい容姿だが、エルフは見た目で年齢が分からないため、本当に子供なのかローグには判断がつかなかった。

「ロワは相変わらずですねぇ。はい、私は四番村代表ミュウです。得意武器はロワと同じく弓です。よろしくお願いしますねっ！」

ミュウはロワと仲が良いらしく、背格好もよく似ていて、ロワと並ぶと双子にしか見えない。しかし性格は正反対で、ミュウは元気満々で人懐っこい様子だ。

「次は私か。五番村代表ロゼだ。得意なのは見たから分かると思うけど、攻撃系の精霊魔法。武器はあまり使えない。よろしく頼む」

ロゼの髪はウェーブの掛かったロングで、口調は男勝りだ。彼女は魔法使いタイプにもかかわらず、一番の長身で、体つきもなかなかに鍛えられている。近接戦闘もこなすタイプの魔法使いだろうか。

次に口を開いたのは、髪をリボンで結んでいる、おっとりした口調の女性だ。

「六番村代表のぉ、プリシラですわぁ～。得意なのは癒し、毒でも麻痺でも何でも癒しちゃいますよぉ～。よろしくお願いしますね～」

プリシラは常に笑顔を振りまいていて、存在自体が癒しと言える。

全員の自己紹介を受け、ローグはプリシラに言った。

「じゃあ、最後に……俺が七番村代表、ローグだ。フレアの息子でもある。ハーフエルフだけど、そこは気にしないでくれるとありがたい。得意なのは……何だろう？　苦手な事はないと言っておこうかな。あと、俺はアースガルドって国の王でもあるが、堅苦しいのは抜きで頼むよ」

ライラがローグに言った。

「王様自ら出張ってくるなんて、さすがにお母さんには勝てないのかな？　あははっ」

「こ、こらっ、ライラ！　失礼ですよ」

馴れ馴れしく語り掛けるライラを、ウィズが小声で窘めた。

「いや、気にしなくていいよ。皆もライラくらい気軽に接してくれると、こっちも気が楽だ。あと、俺はここに来るまで何の説明も受けてなくてさ。母さんはいつも急なんだよなぁ……」

「あははは、フレア様らしいよね。どこかふんわりしてるっていうかさ？」

ライラにつられて、皆が笑った。

「だけどさ、ああ見えて母さんは怒らせるとめちゃくちゃ怖いよ？　昔、父さんがよく怒られていたなあ。母さんは本気で怒ると雷で麻痺させて攻撃してから回復し、また雷を落とすような人だ。あまり怒らせない方がいいぞ？」

ローグの話を聞き、フレアのイメージが一変したのか、皆顔を引き攣らせる。

「は、はは……。気を付けましょうね、皆……」

「「「は、はいぃ～っ！」」」

「まぁ、普段は優しいからね。怒らせない限りは平気だよ」

「ちなみに……バラン殿は何をしてそこまでフレア様を怒らせたのですか？」

ウィズに問われて、ローグは過去を振り返った。

「あれは……俺が六歳の頃だったかなぁ……。母さんが旅商人から買った珍しい菓子を、夕食の材料を買いに行く前にテーブルにそのまま置いて行っちゃったんだよ。で、帰ったら、親父がそれを一つも残さず全て平らげていたんだ。その後、俺は無言のまま自室に戻らされてさ、不安になったから扉越しに聞き耳を立てていたんだよ。すると……」

「「「ごくっ……」」」

「聞こえてきたのは雷が落ちる音と、親父の悲鳴、謝罪の言葉と、また雷の落ちる音だ。それを母さんは魔力がなくなるまで延々と続けたんだよ。俺は子供ながらに悟ったね。食い物の恨みは恐ろしいってさ……」

「み、皆、フレア様を絶対に怒らせないように、気を付けないとね……」

ライラの言葉に、真っ青になった他の五人が黙って頷いた。

「おっと、話が逸れてしまったね。そろそろ本題に入ろうか。ここまでの君達の戦い方を見て気付いたんだけど……」

ローグはこれまでのウィズ達の立ち回りを見て戦闘に関するアドバイスをした。そのアドバイスは的確で、ウィズ達の未熟な部分を補って余りある。その的確すぎるアドバイスを受け、ウィズ達は未だ実力が未知数の存在にもかかわらず、ローグに尊敬の念をおくるのであった。

エルフ達はローグの指摘でいかに己の実力が不足しているかを実感していた。ロワを除いて。

「はむはむ……」

そんなロワにローグが問い掛ける。

「ロワ、話聞いてた？　しかし……ロワは小さいのに良く食べるな」

ロワが小さいと言う言葉に反応を示した。

「む……。小さいけど……ロワは子供じゃ……ない。ロワの美はこれで完成……している」

どうやらまだ子供というわけではなく、育ちきってこの小ささらしい。

ローグはお詫び代わりに次のスイーツを出した。

「悪かったね。これはお詫びの品だ。ほら、俺特製手作りプリン。召し上がれ」

プリンを見たロワの瞳がキラキラと輝き、早速スプーンを口に運ぶ。

プリンを口にした瞬間、怠そうだったロワの瞳が大きく開いた。

「はむ。……っ！　……はむっはむっ！　ん〜っ！　ローグ、ロワのモノになれ！　ロワ、毎日これ食べられる！」

そのロワの発言を聞き、他のエルフ達は様々なリアクションを見せていた。慌てる者、呆れる者、照れる者様々だ。しかしローグは冷静にそんなロワの言葉を受け流す。

「ははは、婿入《むこい》りしろって？　残念だがそれは無理かなぁ」

「む……。これが毎日食べられるなら……私が行くのもアリ……。ん〜〜」

ロワは満面の笑みを浮かべ、プリンを食べきった。

「むふ〜！　力が湧いてくる……気がする！」

「そう？　なら良かった。じゃあ、少し休んでから攻略を再開しようか」

ローグは椅子に座ってお茶を飲む。すると、ロワがローグの上に腰を下ろした。

「ぶふっ!?　ロ、ロワ!?　何してんのっ!?」

ライラがロワの奇行に驚き飲んでいたお茶を噴いた。

「今日からここがロワの席……。ダメ？」

「まあ、軽いから別に構わないけど」

「むふ〜。ゆらゆら〜……」

ローグが承諾したため、ロワは心地よさそうにローグに背中を預ける。

他のエルフ達は、その光景にどこか羨ましそうな目を向けた。

「ロワったら、幸せそうな顔しちゃって～。あぁ、良いなぁ～」

プリシラの口から溜め息が漏れる。

結局、ロワは休憩中ずっとローグの上でゆらゆらしていた。

休憩が終わり、出発しようとしたところ、ロワがローグを呼び止めた。

「……ローグ」

「どうしたの、ロワ？」

ロワに手招きされ、顔を近付ける。

「さっきの……話、ロワ……本気」

「嫁になるってやつ？　ん～……とりあえず、迷宮から出たらまた話そうか。ここは迷宮、何があるか分からないからね」

「む、躱された……」

ロワは頬を膨らませ、ローグの後を追うのだった。


休憩を終えたローグ達は、再び地下を目指して進む。地下三十階からは少し敵が強くなるが、今のところ特に問題はなさそうだ。

「全く問題なさそうだね。やる事がなくて逆に困るなぁ」

「ふふっ、私達は各集落の代表ですからね。これくらいは当然です」

ウィズが言った通り、確かにエルフの六人は強かったし、連携もしっかりとれている。

何より、戦いながら先程指摘した部分を意識しているのか、その精度は徐々に増していた。こうなると、ローグは全くやる事がない。ナギサに言われたルートを伝える事だけが今の役割だった。

《そこの三叉路《さんさろ》の一番左に、隠し部屋がありますよ》

「何？　……皆、ちょっと待ってくれ。少し良いかな？　この先に隠し部屋があるみたいなんだけど、どうする？」

ローグは一旦皆を集めて意見を聞いたが、ライラはあまり乗り気じゃなさそうだ。

「隠し部屋って言ってもねぇ……。まだ中層だし、レアなお宝はないんじゃない？」

これにミュウが意見する。

「宝箱とは限りませんよ？　隠しボスかもしれないし、もしかしたらショートカットエリアがあるかもです」

（ナギサ、どう思う？）

《敵影はないので、ボスはいないですね。ショートカットかどうかは、行ってみないと分かりません》

（なるほど。ボスがいないなら、とりあえず行ってみるのも手かな）

ローグはナギサと相談した結果を皆に告げる。

「皆、聞いてくれ。そこの隠し部屋には敵影がない。それから考えると……宝箱か、ショートカット。もしくは……部屋に入ったら起動する類のトラップのどれかだと考えられる。ここは俺一人で入って中を確かめようと思うんだけど、どうかな？」

「入ったら起動するトラップとは、具体的には何か分かりますか？」

　エルフ達は隠し部屋について意見を交わし、代表してウィズがローグに質問した。

「う～ん。たとえば、入ったら閉じ込められて、大量の敵に囲まれる罠なんか考えられるね」

「敵に囲まれたとして、一人でも大丈夫なんですか？」

「それは全く問題ないよ。むしろ一人なら気兼ねなく全方位攻撃魔法が使えるから、敵に対処しやすい」

　納得した様子の皆を見て、ローグはポンと手を叩いた。

「よし、じゃあこれで決まりだね。俺が一人で様子見してくる。皆はここで少し休んでいてくれ。とりあえず、結界を張ってカプセルハウスを出していくからさ」

「「「はいっ。お気を付けて！」」」

　ローグは結界を張り、カプセルハウスを出し、隠し部屋へと入る仕掛けを起動した。

　すると、地響きのような音が鳴り、壁の一部にぽっかりと穴が空いた。

「よし、空いた。じゃあ行ってくるよ」

「ローグさんなら大丈夫だとは思いますが、お気を付けて」

　ローグはウィズの言葉に頷き、隠し部屋へと入る。

　ローグが中に入ると、すぐに入り口が消えた。しかし慌てる事なく部屋を見回す。

　ナギサが言った通り、中にモンスターの姿はない。部屋の中央には円柱状の台座があり、その側面にはレバーとボタンが設置されている。

そして、台座にはめ込まれたプレートには、こう書かれていた。


試練に挑む者はボタンを押せ。試練を超えし者を最下層へと導かん。試練を望まぬ者は、レバーを引いて引き返せ。


「ふ〜む、試練か。ナギサ、どう思う？」

《おそらく、試練はバトルでしょう。そのレバーを引いたら、ショートカットは不可能になると思われますね》

「ま、時間ももったいないし、ポチッとな」

ローグは躊躇《ためら》う事なくボタンを押した。

次の瞬間、台座が地面に沈んでいき、床が真っ平らになる。同時に、室内にアナウンスが流れた。

《これより、第一の試練を開始いたします。全ての敵を殲滅してください。それでは五秒後より開始いたします。五、四、三、二、一、スタート！》

カウントが終わると、地面に魔法陣が所狭しと現れ、複数の魔物が召喚された。しかし……

「爆裂魔法──【エクスプロージョン】！」

ローグは、魔法陣から魔物が完全に出てくるのを待たず、魔法を放った。大量の魔物の召喚を想定して、予《あらかじ》め殲滅方法を決めていたのだ。

ようやく上半身が出てきたところで大爆発に巻き込まれた魔物達は、ローグに襲い掛かる前に灰と化した。

「それにしても、丈夫な部屋だなぁ。壁に傷一つついてないや……」

《ダンジョンの壁はその大体が破壊不能です。万が一損傷しても、自動で修復されます》

「なるほど。それなら威力はセーブしなくても大丈夫そうだね」

ローグは生き残りがいないか、新たに魔物が発生しないかを警戒して、辺りを見回した。

すると、再び台座とボタンが床からせり上がり、アナウンスが流れる。

《第一の試練終了を確認しました。現在転移先を選択出来るのは地下四十階までです。第二の試練を開始しますか？　開始する場合はボタンを押してください。終了する場合は部屋を出るか、奥の転移陣へどうぞ》

「へぇ〜。段階的に行き先が増えるタイプか。なら……全部クリアしてしまおう」

《ですね。試練をクリアしさえすれば、部屋から出られるようですし、行ける所まで行くのが良いでしょう》

その後、ローグはいくつもの試練をクリアし、夜にはとうとう九十九階までの転移陣を解放した。

試練の内容はバトルに限らず、パズルや間違い探し、クイズなど、盛りだくさんだった。

「昼から入って約半日で最下層手前か。百階まで転移していきなり竜との戦いになったら困るから、ここで戻るか」

隠し部屋を出たローグは、そのままカプセルハウスの中へと入る。

「ただいま。こっちは変わりなかった？」

ローグの姿を見てエルフ達が駆け寄ってきた。

「「「ローグさん！」」」

ウィズが心配そうに尋ねる。

「結構時間が掛かりましたね。隠し部屋の中はどうでした？」

「それがさぁ……」

ローグは皆に隠し部屋の中であった試練の内容を語った。

「そんなわけで、九十九階までは解放してきた。いきなり百階まで転移すると色々恐いから、そこでやめたよ」

ウィズはその階層を聞いて驚きを露わにする。

「ここはまだ三十階ですよ!? それを、いきなり九十九階とは……！」

「時間があればゆっくり攻略したかったんだけどね。あいにく、俺は会議の予定があって、あまり時間がないんだ。今日はここで休んで明日の朝最下層にアタックしようと思うんだけど、皆それで大丈夫かな？」

「はい、ローグさんにお任せいたしますよ。ね、皆？」

他の皆も全員賛成する。

「よし、じゃあ今日の攻略はここまで。さすがに試練の連続で少し疲れた。俺は風呂に入ったら休ませてもらうよ」

「そうですね、明日のためにゆっくり休んでください。お疲れ様でした、ローグさん」

ローグは風呂で汗を流し、水分を補給した後、自室へと入った。

「これなら同盟会議までには間に合いそうかな。疲れたけど、ショートカットがあって良かった。明日はいよいよ風竜と対面か……。どんな奴なんだろうなぁ……」

ローグは風竜との戦闘を想定し、作戦を考えながら眠るのであった。

†

翌朝、ローグは全員をリビングに集めて打ち合わせを始めた。

「では、今日は最下層にいる風竜に会いに行く。まずは何故この迷宮に棲み着いたか、その理由を問う。風竜の返答次第では討伐もありえる。いいかな？」

「「「はいっ！」」」

全員の返事を受け、ローグは席を立った。

「よし。では、最下層に向かおう。相手は竜だ、決して油断はしないように」

カプセルハウスを魔法の袋に収納したローグは、隠し部屋の転移陣を使って九十九階まで進み、そこから最下層を目指す。

道順はナギサが示してくれるし、敵も古代迷宮の最下層に比べたら、いくらか弱い。

ローグは危なげなく魔物を倒しつつ、宝箱をスキルで自動回収していく。

しかし、九十九階は思っていたよりずっと広く、まるで迷路のように道が入り組んでいた。もしナギサがいなかったら確実に迷っていただろう。

朝早くに出発したのに、昼になっても最下層へと続く階段に着かない。

プリシラとロゼが弱音《よわね》を吐く。

「広すぎ～。ローグ様がいなかったらぁ～、私達ここで永遠にさ迷っていたかもしれませんねぇ～」

「ああ、餓死《がし》して白骨化していたかもな。私達だけじゃこの階層の攻略は無理だ」

そんな話をしていると、ようやく最下層へと下りる階段に到着した。

大分疲れが見えるエルフ達を気遣い、ローグは皆に声を掛ける。

「手に入れた宝箱を開けておきたいし、少しだけ休もうか？」

「「「はい！」」」

「はは、了解」

ローグは階段手前に結界を張り、カプセルハウスを出した。皆は中に入るなりぐったりと座り込んだ。

「正直、ここまでショートカット出来て良かったです。まともに攻略していたら何ヵ月掛かったか……」

ウィズが荷物を下ろしながら呟いた。

「それは同感だな。さて、宝箱を開けようかね」

ローグは九十九階で取得した宝箱を開けていく。

「お？　皆が使えそうな装備品が結構出てきたぞ？」

エルフ達はガバッと立ち上がり、ローグのもとに集まった。ライラがキラキラと目を輝かせて新たに手に入った装備品を見る。

「あの～、もしかしてそれ……もらえるのかなぁ？　今の装備品がゴミに見えるくらい良さげなんだけど……」

ローグは熱い視線を送る皆を見て考えた。

「どうせ持っていても自分では使わない装備品ばかりだし、好きなのを持っていってくれ。何なら、一人一人に合う最高装備を見繕《みつくろ》ってあげよっか？」

「「「ぜひっ!!」」」

エルフ達は凄い勢いで詰め寄ってきた。

「お、おぅ。じ、じゃあ……ウィズからね？」

ローグはウィズから順番に装備を選んでいく。各自のステータスや戦闘スタイルに合わせて最適な装備を組み合わせて渡す。

「こんなに素晴らしい剣を、ありがとうございます！」

強力すぎて持て余す可能性もあるため、装備品選びは慎重に行った。

次に装備を受け取ったロゼは、嬉しそうに新しい杖を腕に抱く。

「お、おぉ～……。こ、こんな装備……本当にもらってしまってもいいのか!?」

「構わないよ。今の皆の強さから考えてちょうど良い物を選んだつもりなんだけど、何か不具合はある？」

全員、装備の具合を確かめるように身体を動かす。

「ん！　この弓凄い……！　これは矢が必要ない！　ローグ、ありがとう！」

「私の弓もロワとお揃いですね！　ふふ、矢筒《やづつ》を背負わなくて良いのは楽です」

ロワとミュウが弓を確かめる横で、ロゼとプリシラは魔法職同士で杖を見せ合っていた。

「この杖……半分の魔力で魔法を撃てるのか！　しかも直接殴れるタイプだし！　私の戦い方にマッチしている！　これは凄いなっ！」

「このローブもぉ……回復魔法の威力を高めてくれるみたいですねぇ～」

「お、この服……【気配遮断】が付いてる！　斥候のためにあるような服ねっ！」

ライラも新しい装備品をかなり気に入ったようだ。

「どうやら皆満足してくれたみたいだね。今よりもっと強くなったら、さらにこの上の装備もあるから頑張って」

「「「はいっ！　ありがとうございますっ！」」」

皆揃ってローグに感謝を述べた。

「では……そろそろ最後の階層に向かおうか。俺が前を行くから、後ろを頼むね？」

エルフ達はこくんと頷き、ローグの後に続く。

ついに一行は九十九階を踏破し、最下層への階段を下りはじめた。

階段を進むごとに、ゴウゴウという音が大きくなっていく。

「下から風が吹いていますね。下に行くほど段々強くなっているような……」

ウィズが緊張をにじませた。

「そうだね。いるんだろうな……風竜が」

最下層に着くと、ローグは辺りを見回した。

階段のある部屋の前方に細い道があり、その奥から強い風が吹いてきている。

「あの奥か。皆は危険を感じたらすぐにこの場所まで引き返してくれ。俺が相手をするからさ」

「分かりました。確かに、道の奥から強い力を感じます。もし戦いになったら……私達では足手纏いにしかならないでしょうね……」

「力の差が分かるのもまた強さの一つだよ、ウィズ。今は無理をしなくていいからね？　じゃあ……行こうか」

「「「はいっ！」」」

しばらく前方の細い道を進むと、いきなり視界が開けた。

「い、いますね……！　あれは……寝ているのでしょうか？」

そこは広いドーム状の部屋になっていて、足元には世界樹の根と思われるものが走っている。

その中央にある芝生《しばふ》の生《お》い茂《しげ》った地面の上で、風竜が静かに寝息を立てていた。その姿は鳥のような羽を持つ薄緑の竜であり、細身の身体はいかにも俊敏《しゅんびん》そうだ。

「寝ているな……さて、どうしたものか……」

ローグが思案していると、突然ロワが弓を構え……眠っている竜に矢を撃ち込んだ。

——サクッ。

小気味よい音が鳴り、竜が目を覚ます。

見ると、風竜の尻にロワの放った魔力の矢が突き刺さっていた。

《っ!?　いぃったぁぁぁぁっ!?　な、何!?　何か刺さった……？　このっ！　いきなり何すんだよぉっ!?》

風竜の言い分はもっともだ。いきなり矢を放ったロワに全員から突っ込みが入る。

「「「ちょっ！　ロワ!?　あんた何してるのっ!?」」」

ロワはしてやったりとばかりの表情で胸を張る。

「ん！　目覚めの一発！」

しかし、風竜の周囲に魔力が集まりはじめた。ローグは咄嗟《とっさ》に叫ぶ。

「お前らっ、今すぐ下がれっ！」

風竜は怒り狂い、翼を羽ばたかせる。

それと同時に、翼から風の刃が発生した。

《切り刻んでやるっ！【ウィンドカッター】!!》

ローグは風の刃を防ごうと、火竜のスキルを使った。

「くそっ！【ファイアーウォール】！」

ローグは瞬時に炎の壁を展開し、無数に飛来する風の刃を全て防いだ。

スキル【ウィンドカッター】を入手しました。


風竜はローグが使ったスキルを見て驚き、目を細める。

《それは火竜の……！　へぇ～……ただの人間じゃなさそうだね》

ローグは炎の壁を消して風竜に話し掛ける。

「今更だけど……まだ話し合いの余地ってある？」

《愚問だね。寝ていた僕にいきなり攻撃してくる卑怯者と話す事なんてないよっ!!》

ウィズとライラがロワを責め立てる。

「ロワ！　いきなり攻撃を仕掛けるなんて何を考えているのですか！」

「そうだよ！　ローグさんが防いでくれなきゃ、私達今頃バラバラ死体だったんだよ!?」

しかし、ロワも譲らない。

「……あれが最適解。竜はわがまま。説得に応じるとは……思えない。……寝ている時が好機……だと思った」

「確かにぃ、ロワちゃんの言い分にも一理ありますけどぉ～、いきなり攻撃はないですわぁ～」

プリシラがトゲトゲした空気にそぐわないおっとりした口調で会話に割り込んだ。

ローグは一つ溜め息をつき、風竜と戦う覚悟を決めた。

「はぁ、仕方ないか……。お前ら、巻き添えで死にたくなければ、すぐに引き返して階段の所まで戻って待機っ！」

「あ、ああっ！　皆、退くぞっ！」

ロゼが他のエルフ達を促して退避するが、風竜は何故かそれを黙って見逃した。

エルフ達が退き終わり、広間にはローグと風竜のみが残った。

「わざわざ待ってくれるなんて、紳士だねぇ」

《ふん、余計なのが居たら君も気が散るでしょ。さぁ、始めよっか。もし、僕に勝てたら……君の軍門に降るよ。せいぜい僕を楽しませてね》

ローグと風竜は睨み合いながら笑う。

「俺は期待には応える主義なんだ。満足するまでやってやるさ。それじゃあ、始めようか！」

ローグと風竜の戦いが始まった。

「行くぞ、【グラビティ】！」

ローグは開戦直後に重力魔法【グラビティ】で風竜自慢の機動力を封じる。

《お、お前っ！　ズルいぞっ！　か、身体が重いぃぃっ！》

「ズルい？　何がかな？　見るからに動きが素早そうな相手だったから、それに対策したんだけど？」

地面に縫い付けられた風竜は、自慢の機動力をまるで活かせず、歯軋りする。

《動けなくたって、遠距離からでも攻撃出来るんだからなっ！　【ストームカノン】！》

風の大砲がローグに螺旋《らせん》を描き襲い掛かる。しかし、その攻撃はローグが出した【ファイアーウォール】によって相殺《そうさい》されてしまう。

スキル【ストームカノン】を入手しました。

《クソッ、属性の相性が悪いから通じないのかっ⁉　炎の壁なんてズルいぞっ！》

ローグは火竜のスキルが通じると実感し、微かに笑みを浮かべ、さらに風竜を挑発する。

「さっきからズルいズルいって……どうした、竜はそんなものなのか？　まだ何か手があるなら使ってみろ！」

《うぅ～っ！　この重力魔法を解けぇっ！　卑怯者ぉぉぉっ！》

「戦いに卑怯もクソもあるかっ！　レジスト出来ないお前が悪いんだろっ。残念だが、もう手はないようだな。時間もあまりないし、そろそろ終わりにしようか」

ローグはゾルグに教えた合成魔法の発展系である、火と火の合成魔法を発動する。

ローグが掲げた手に、超高温の火球が生じる。

「耐えてくれよ？　極炎魔法《ごくえんまほう》……【インフェルノ】‼」

巨大な炎の塊が風竜に向かって凄《すさ》まじい速さで襲い掛かる。

《こ、これは躱せないっ‼　間に合えっ！　【ウィンドバリア】！》

風竜は咄嗟の判断で、防御に全ての力を注ぐ。

スキル【ウィンドバリア】を入手しました。

風竜は自分の周囲に何層もの風のバリアを張り巡らせた。
風の障壁のおかげで身体は炎に包まれはしなかったが、風竜の周囲を消えない高温の極炎が包み込んでおり、黒焦げになるのは時間の問題だ。
《あっつ……！　あっつぃぃぃぃぃっ!!　空気が燃えてるっ!?　い、息がっ!?　息が苦しいっ！》
バリアの上から風竜全体を包み込んだ【インフェルノ】は、バリア内の酸素を燃焼させ、風竜を酸欠状態に追い込んだ。
《かはっ！　こ、こ……きゅう……出来な……い。ま、負け……負けでいい！　がはぁっ……！》
風竜の降参を受け、ローグは重力魔法と極炎魔法を解除する。
風竜は解除と同時に地面にバタッと倒れた。
「俺の勝ちでいいんだな？　風竜？」
《ひゅ～……ひゅ～。そっかぁ……。負けた……か。強いなぁ……》
風竜は地面に転がりながら天を仰ぐ。そして呼吸を整え、ローグに尋ねた。
《君さあ、竜と戦うの初めてじゃないよね？　火竜の技も使ってたし》
「気付いていたか。そうだな、お前で四体目だよ。土、水、火の竜が、既に俺の仲間になっているよ」
《あの三体か……。そりゃ僕じゃ勝てないわけだ。僕は属性竜の中じゃ一番若いからね。約束通り……負けた僕は君の軍門に下るよ。これからよろしくね、ローグ》

そう言って、風竜はむくりと上体を起こした。

「ああ、こちらこそ」

ローグは改めて、風竜が何故この迷宮にいたか尋ねる。

「そうだ。ねぇ、風竜はどうしてこの迷宮に来たんだ？　何かここを選んだ理由でもあるの？」

《え？　ここに来た理由？　ん～……空気が良いからかな。世界樹のおかげでここの空気は凄く浄化されていてね、暮らしやすそうだと思ったんだ。何でそんな事聞くの？》

「いや、おかげでエルフの国が大騒ぎになっていてな。討伐もやむなしのところだったんだぞ？」

《え～……。それは知らなかったなぁ。でも、負けちゃったし、僕はもうここを出るよ。ローグが連れてってくれるんだよね？》

「あぁ。ここ程広くはないが、土竜達と一緒に暮らせるように家を拡張してやるさ。とりあえず、エルフ達と合流して地上に戻ろうか」

《了解っ！》

ローグは小さくなった風竜を連れ、エルフ達の所へ向かった。

「皆、ただいま。戦いは終わったよ」

「「「ローグさんっ！」」」

ローグの姿を見たエルフ達が一斉に駆け寄ってきた。ウィズがローグに尋ねる。

「その様子……勝ったんですよね？」

「うん。ほら、こいつが風竜だ」

ローグは風竜を両手で抱えエルフ達に見せた。

「こ、これが先程の風竜？　ち、小さくないですか？」

首を傾げるウィズに、風竜が理由を答える。

《僕達は身体の大きさを自在に変えられるからね。元の大きさに戻ろうか？》

「い、いえ……結構です」

そこにロワが近寄り、頭を下げた。

「……風竜さん。いきなり撃って……ごめんなさい」

《まったくだよ!?　寝ているところにいきなり撃ち込むなんてさ！　次は許さないからな！》

どうやら今回は許してくれるらしい。それを見てローグが風竜をからかう。

「あれは、俺達が近くまで来てたっていうのに、呑気《のんき》に寝ているお前も悪いんじゃないか？　普通気配くらい感じるだろ？」

《うっ！　そ、それは……。だって……お腹いっぱいで眠かったんだもん！　仕方ないだろっ！》

(こいつ……意外と食いしん坊キャラだったのか？)

「まぁ、いいや。それより、目的も果たしたし、そろそろ地上に戻ろうか。奥に転移陣があったから、それで地上に帰れるはずだ」

「「「はいっ！」」」

一行は風竜と戦った大広間の奥にあった転移陣に乗り、地上へと帰還した。

「よし、無事地上に戻れたな。さて、エルンストに報告しなきゃな。ウィズ、悪いけど呼んできてもらえるかな？」

「分かりました、少々お待ちください」

ウィズは迷宮入り口付近に設置されたカプセルハウスの中にいるエルンストを呼びに行った。

ウィズが入ってすぐにエルンストが慌てて中から飛び出してくる。

「お、お主……まだ一日半しか経っておらぬぞ⁉　それに……今聞いたが、風竜を仲間にしたとは一体……」

ローグは抱えていた風竜をエルンストに見せた。

「今は小さくなっているけど、こいつが風竜です。名前はそうだなぁ……うん、ヴァンにしよう。これは風と言う意味だ。良いかな？　風竜？」

《ヴァン……ヴァンか！　分かった。僕は今からヴァンと名乗るっ！　僕はヴァンだ～！》

風竜は名前をもらって嬉しかったのか、ふよふよと空を飛びながら喜んだ。

「ふむ……。どうやらお主ら全員で今回の目的を果たしたのかの？　代表はどうするのじゃ？」

それについて、ウィズがエルンストに話した。

「エルンスト様、我々は話をして全員で決めました。代表は七番村のローグ様が相応しいと思います。ローグ様がいなければ、こんなに早く攻略出来ませんでしたし、我々だけでは風竜に勝てたか分かりません。それに……装備品まで多数頂きましたし……」

エルンストは片目を閉じて、一瞬目を光らせた。鑑定でもしたのだろう。

「なるほどのう。確かにそれは今のお前達に最適な装備じゃな。そうか……。ならば、代表は七番村で良いかのう？」

　エルフ達は全員頷いて、賛成した。

　そんな中、ロワがエルンストに懇願する。

「じぃじ！　ロワはローグと……一緒に行く。だからエルフの国を……出る事を許してほしい。ダメ？」

「な、なんじゃとっ!?　ロ、ローグッ!!　き、貴様……ワシの孫に一体何をしたぁぁぁっ!?」

　エルンストだけでなく、ローグもロワのセリフに驚いていた。

　ロワが一緒に来たいと言い出した事も予想外だし、彼女が先代エルフの王の孫だったのも知らなかった。

　エルンストは鼻息を荒くして憤慨《ふんがい》する。彼は、孫が突然エルフの国を出ると言い出した原因がローグにあると決めつけているようだ。

「ワシが納得出来るような理由があるんじゃろうな、ローグよ？」

「いや、理由って言われてましも……。そもそも、ロワが俺と一緒に行きたいっていう話も今初めて聞きましたし……」

　エルンストは拳を握りしめて力説した。

「ワシはなぁ……っ！　ロワがこの世に生を受けてから二百年……来る日も来る日も可愛がってきたのじゃ！　そんなワシより、会ったばかりのローグを選ぶなど、ありえんわっ!!　吐けっ！　どんな手を使ってロワを誘惑したぁぁぁぁぁぁっ!?」

（この孫バカ爺《じじい》……。もはや手遅れかもしれないな。それにしても……ロワって、この見た目で二百歳だったのかぁ……）

ローグはエルンストの詰問《きつもん》を話半分で適当に流していた。

一方、ロワはもっともらしい理由を付けて、エルンストを納得させようと試みる。

「じぃじ……。ローグは次期女王フレアさんの息子……そして、ロワは先代女王の孫。エルフの国を盛り上げるのに……これ以上の旦那様はいない！　お願い……ロワが国を出る事を許してほしい！」

エルンストはロワに言った。

「ロワ……。ワシよりローグを選ぶと言うのかっ⁉」

「え？　うん」

エルンストはロワの一言で崩れ落ちた。

「ロオオオオオグ‼　貴様っ……貴様に孫を守り抜く力はあるのかぁっ⁉　貴様はワシより強いのかぁぁぁぁっ！」

「はぁ？　まぁ……力はあると思いますよ？　なんなら、風竜と戦ってみますか？」

エルンストは目を瞑り、天を仰いだ。さすがの彼も、竜と戦って勝てるはずもない。

「きょ、今日は日が悪い！　分かった……力があるのは認めよう。た、ただしっ！　もしロワを不幸にするような事があったら……ワシらエルフがお前を討つ。よいな？　ローグよ！」

「い、いや……俺は別に、ロワに来てもらわなくても……」

その一言を掻き消す勢いで、ロワが大声でエルンストに叫んだ。

「じぃじ！　ありがとうっ！　ロワは……アースガルドで幸せになるっ！」

「おぉ……おぉぉぉぉぉっ……！　ロワよぉぉぉっ!!」

エルンストはロワを抱きしめ、周りの目も気にせず大号泣しはじめる。

そんなエルンストに、ウィズが遠慮がちに話し掛ける。

「あ、あの～……エルンスト様？」

「なんじゃ、大事な別れの場面じゃと言うのに……」

「も、申し訳ありませんっ！　ですが、実は私達もロワと共にアースガルドへと向かいたいと考えております。理由は、迷宮で自分達の未熟さを思い知ったからです。ロワと共に、ローグ様の下で己を鍛え直したいと考えております。どうか、わがままをお許しくださいっ！」

エルンストはウィズ以外の四人に問うた。

「ライラ、ミュウ、ロゼ、プリシラよ。お主らも同じ考えか？」

「「「「はいっ！」」」」

ローグの意思は関係なく、話がどんどん進んでいく。

「むぅ……これぱかりはワシだけでは決められんな。お主ら、まずは自分の親を説得して参れ。親が許可するのならば、行ってもよい。しかし、勝手に村を出る事や許さん。それと、ローグはロワの親……つまり、ワシの子に話を通してこい。それくらいの時間はあるじゃろう？」

「まぁ……会議当日の朝に転移で戻れば問題ないので、あと三日は大丈夫です。仲間が増えるのは大歓迎ですからね。これからロワと行きますよ。それじゃあ……このパーティーは一時解散だね。皆、アースガルドに来るなら、出発前に声を掛けてくれ。待っているよ」

エルフ達は頭を下げ、改めてローグに感謝を述べた。

「じゃあ、行こうか、ロワ」

「ん！　じぃじはどうする……？」

「ワシか？　ワシは女王候補者達に次期女王が決まった事を告げてくる。それが終わり次第、フレアに女王の心構えや役割を伝えねばならぬ。こう見えて、ワシは忙しいのじゃよ……。一緒にいてやれんですまぬのぅ、ロワ……」

「ん、ローグがいるからいい。行こっ、ローグ！」

エルンストはがくっと崩れ落ちた。

「おのれぇ……ローグめっ……！　隠居したら覚えておれよ！」

「お手柔らかに頼みますよ……。じゃあ、ロワ。案内してくれる？」

「ん！　じゃあじぃじ、バイバイ！　ローグ……こっち」

ローグは手を引かれ、ロワの村に連れて行かれた。

二人は並んで広大な森の中を歩く。

「なぁ、ロワ。三番村ってどの辺りだ？」

「ん。村は世界樹を中心に七つに分かれてる。北が一で、そこから右回りに二、三……って」

「へぇ～。後どれくらい？」

「ん、もうちょっと歩く。獣道を抜けたら、柵が見える」

ロワはローグの手を引いて、どんどん進んでいく。

「手、繋いだままで歩きにくくないか？」

「大丈夫……。ん……もうそろそろ着く」

ローグが聞くと、ロワは首を横に振る。そして、急に走り出した。

「どうした？　いきなり走り出すなんて？」

「早く報告したい！　したら、国を出る準備、する！」

「それが目的か。分かったよ、行こうか」

二人は村を目指して走った。

軽く十分くらい走ると、やがて柵が見えてきた。

「奥の木の上にあるのが私の家。行こっ！」

そのまま村に入り、ローグはロワの家まで連れて行かれた。

ロワが先に縄梯子《なわばしご》を登り、中に入る。とりあえず、ローグは呼ばれるまで外で待つ事になった。

「ただいま～。パパ、ママ……いる？」

「ロ、ロワ!?　どうしたの!?」

二ヵ月掛かると思って送り出した娘がたった一日半で帰って来て、両親は驚いていた。

「終わったから、帰ってきた。次期女王はフレア様」

「すると、フレアのところの代表が勝ったわけか。残念というか、うちの妻じゃなくてホッとしたというか……。まぁ、無事に戻って何よりだ」

ロワは顔を赤くし、本題を切り出す。

「パパ、ママ。私、ローグとアースガルドに行く！　そしていつか結婚して子供を作る！」

「「はっ？」」

両親はロワの一言に絶句する。

「そ、そのローグという男は、こんな小さな娘が好み……だと!?　うぉぉぉっ危なっ!?」

ロワの父が言い切る前に、顔の数ミリ横を魔力の矢が掠めた。

「それは私に対する挑戦と見た。殺《や》る。それに、私が小さいのは遺伝。ママもばぁばも小さい。パパも小さい娘が好きな男」

「ぐふぅっ……反論出来ん！」

特大のブーメランを受け、父はその場に倒れた。母がロワに言った。

「それより、早くロワが選んだ相手を見てみたいわぁ～。ね、連れて来てるんでしょ？」

「ん！　ローグ、いいよ？」

「失礼します」

ローグは入室し、ロワの両親に挨拶した。

「俺はフレアの息子で、ローグと申します。今はアースガルドという国で王をしています」

「「フレアの息子！」」

ロワの両親はまじまじとローグを見る。ロワの母がローグに言った。

「うん、確かに目元とかフレアにそっくりね。て事は……あなた、ハーフエルフ？」

「はい。父がヒューマンなので……」

復活したロワの父が、ローグを観察する。

「ふ〜む。なかなか強そうだな？」

「ローグは強い。風竜と一対一で戦って、勝てる」

「竜と一対一⁉　そんな凄い人が、何でロワみたいなちみっ娘に……」

「……パパ。そろそろ拳で語り合おうか？」

「じょ、冗談だよ、冗談！」

再度魔力の矢を浴びそうになり、父が震え上がる。

ローグはロワの両親に言った。

「結婚するかどうかは今後話し合うとして、俺はロワがアースガルドに来たいと言うなら止めません。母も次期女王となる事が決まりましたし、エルフの国とは今後とも末永《すえなが》く協力関係を築きたいと思っています。エルフの国が人間の国との関わりを嫌うのは承知していますが……」

母はロワを部屋の隅に呼び、小声で話し出した。

「ロワ、行けそうなの？」

「……問題ない。ローグは……押せば落とせそう」

「勝算アリなのね？」

それにロワは親指を立ててニマッと笑みを浮かべる。そんな謎の話し合いが終わり、二人がローグの前に戻ってきた。

「こほん、母である私が、ロワの旅立ちを認めます。ローグさん、娘をよろしく頼みましたよ？」

「分かりました」

「ローグ、今日は家に泊まろ？　後は予定……ないよね？」

「うん。母さんは次期女王として色々準備があるみたいだし、挨拶はまた今度にするよ」

「むふ〜。なら、泊まるっ！　ローグ、ロワあれ！　あれが食べたい……プリン？」

「プリンか。なら今日は特別に旅立ちの祝いって事で、フルーツパフェにしようか。すみません、キッチンを借りていいですか？」

ローグはロワの母に聞いてみた。

「あら、料理までなさるの？　うちの夫はサッパリなのに」

ロワの父親は部屋の隅で小さくなる。どうやらこの家庭でも母親の力の方が強いらしい。

「ローグの作るデザートは至高！　これがないと生きていけない身体にされた……」

母親はロワの言葉で様々な妄想を膨らませていた。

「じゃ、キッチンに行きましょうか、ローグさん？」

「んふふ〜。パフェ〜パフェ〜」

それからローグはキッチンを借り、大きめの器にフレーク、アイス、プリン、生クリーム、チョコ、フルーツなど、色とりどりに盛り付けた。

そして、完成したパフェをロワの前にドンッと置く。

「おぉぉぉ……見ただけで分かる……！　これは……まさに究極の一品！」

「手際《てぎわ》が良いわねぇ……。私より料理上手かも……？」

パフェを前にしたロワと母親のテンションが上がる。

「ローグは料理も上手い。出来ない事を探す方が難しい」

「ロワ、逃がしちゃダメよ？　こんな優良物件、二度と現れないわ！」

「むふふ〜、逃がすつもりは……ない！」

「ロワ、それ溶けるからお母さんと先に食べててくれ。俺は親父さんに何か作るから」

「りょ！」

「はいは〜い。あ、ローグさん。夫は野菜が好きよ」

「はい、参考にします」

ローグがキッチンに戻るとすぐに、ロワと母親がパフェに食いついた。

「お……おぉ……パフェ最高！　まさにスイーツの王様！　はぐはぐはぐ……！」

「甘いのに……止まらないわねぇ……いけないっ、これはいけないわぁ〜！　ぱくぱく……」

二人がパフェを一心不乱に食べている時、ローグはロワの父のために料理を始めた。

「ロールキャベツと野菜スティック、ナムルに浅漬け……は確かストックあったかな。後は……ポテトサラダに……野菜コロッケかなぁ。よし、始めるかっ！」

一晩泊めてもらうお礼も兼ねて、ローグは本気で料理を作った。

出来上がった品が、次々とテーブルに並んでいく。部屋の隅で小さくなっていたロワの父親が、匂いに誘われてフラフラとテーブルに近付いてくる。

「おぉ〜。こんな豪華な料理を、わざわざ私のために？」

「えぇ。泊めていただくのですから、これくらいは。あと、お酒も各種ありますよ？」

「おっ、良いねっ！　母さん、今日は飲んでもいいだろ？」

「ええ、めでたい日ですものね。今日はいいわよ」

普段はあまり飲ませてもらわないのか、父親は嬉々として酒を選ぶ。各自に飲み物が行きわたり、ロワの母親が音頭《おんど》をとる。

「では……ロワの旅立ちを祝して……かんぱ〜い」

ロワの父親はローグの作ったアテで酒を呷《あお》る。

「おぉ〜……このナムルとやらは凄く酒に合うな！　ローグ君も飲める口かい？」

「いぇ。俺は成人したばかりなので付き合い程度です。でも、仲間に酒好きがたくさんいるんで、こういう品ばかり上手くなるんですよ。あ、チーズいけますか？」

「もちろんだ！　チーズなら、酒はワインがいいな」

「注ぎましょう」

ローグは高級赤ワインを惜しみなく提供する。

「うむ……。……おふぅ！　これは美味い！　こんな上物、生まれて初めてだっ！」

「まだまだありますから、ゆっくり楽しみましょう」

「あ、あぁ！　あはははっ！　これは良い未来の息子が出来たっ！　父は嬉しいぞぉぉぉっ！」

「あらあら、私だって料理上手な未来の息子がいたら嬉しいですわ～？　このパフェ……虜《とりこ》になってしまったわぁ～」

「ママ、ローグは他にも色々作れる。私の胃は……既に掴まれた……」

「分かるわぁ……。私の胃も掴まれそうだわぁ……」

もうローグと結婚した気になっている親子であったが、楽しそうな空気に水を差すのは無粋《ぶすい》だと考え、ローグはあえて何も言わなかった。

こうしてロワの旅立ちは認められ、祝宴は夜遅くまで続いた。

†

翌朝、ローグはロワとバランのもとへと向かった。そして試練は無事に終わり、母が女王となると決まった事を伝えた。

「ああ、昨日エルンスト様が来て試練の終了は聞いたよ。んで、フレアを次期女王にするために教育するって連れてったわ」

それに対しローグがバランに尋ねた。

「本当に良かったの？　母さんが女王になるとあまり会えなくなるんじゃ……」

その質問にバランは笑顔で答える。

「なに、これはフレアも望んだ事だ。フレアが女王になればこの閉鎖的なエルフの国の慣習を少しは変えていけるかもしれないだろ？　それはお前のためにもなるはずだ。本音《ほんね》を言えば少し寂しいが、一生会えないってわけじゃないからな。それに、俺には立派な息子もいるしな」

バランはローグの頭をくしゃくしゃと撫でまわした。

「ちょっ、父さん！　恥ずかしいって！」

「ははは、親子のスキンシップだ。ん？　ローグ？　後ろの嬢ちゃんは誰だ？　と、肩にいるそれ・・は、まさか風竜か？」

バランがロワと風竜に気付いた。

「ああ、エルフの方はロワ。なんかアースガルドに来たいらしくて。昨日はロワの家にお世話になったんだよ。それと、ヴァン？　俺の父さんに挨拶を」

風竜がローグの肩からバランに挨拶をする。

《僕はヴァン！　風の属性竜だ！　ローグに負けたから仲間になった！　よろしく！》

「ローグ……。また竜を仲間にしたのか。どこまで力を上げるつもりだ？」

それにローグはこう答える。

「守りたいものを守れるようになるまでかな。その時になって後悔しても遅いし」

「やれやれ、俺とお前じゃ守りたいものの規模が違うか……」

その後、ローグは家に一人でいる父を少し不憫に思い、会議前日の朝までこの家に泊まる事にした。

その間、バランは風竜と手合わせなどして、実に楽しそうに過ごしたのだった。

†

二日間という短い間だが久しぶりに父と過ごしたローグは父の元気な姿を見て安心し、ロワと風竜を連れ、アースガルドへと転移した。

他の五人は集合場所に来なかった事から、両親や家族の理解が得られなかったのだろう。名残惜《なごりお》しいが、同盟会議もあるので、あまり長い間待つわけにはいかない。

ローグは、もし各集落の代表となったエルフ達が訪ねて来たら、直接アースガルドへ向かってもらうようにと、ロワの両親に伝言を頼んでおいた。

あの五人ならば、そこらの賊に負けるはずがないので、心配はいらないだろう。

エルフの国から戻ったローグは、すぐに仲間達を会議室に集めた。

集合した面々を前に、ローグが口を開く。

「本日正午より、同盟会議が執り行われる。これは、近隣国の発展と平和のために必要な、非常に重要な会議である。皆、よろしく頼む」

ローグが同盟会議の趣旨《しゅし》を宣言したところで、コロンが口を挟む。

「同盟会議については分かったけど……ねぇ、その膝の上の小さいエルフは何？」

ロワはローグを背もたれにし、コロンにこう言った。

「ロワは、ロワ。エルフの国、先代女王の孫。今回の試練でローグに興味を持ったから、ついてきた……よろしく」

ロワが自己紹介していると、ヴァンがローグの背中からひょっこりと顔を覗かせた。

《僕を忘れていないかい、ローグ？》

空気を読まず、水竜が茶々を入れる。

《あ、あんた……風竜じゃない!?　何？　あんたもローグに負けたの？　ぷぷぷ～っ！》

《……水竜か。君は相変わらずみたいだね。おや？　火竜に土竜まで？》

会議室には土、水、火、風の四匹の竜が集まっていた。

勢揃いした竜を見て、バレンシアが呆れ半分の溜め息をつく。

「はぁ……アースガルドは他のどの国にも負けない気がしますね」

ローグもこれには同意する。

「確かに。この大陸には竜が棲み着きすぎだよね。あ、そう言えばアース。属性竜はあと何体いるんだっけ？」

土竜がローグの肩に乗り、質問に答える。

《うむ、残りは光、闇、雷、氷、聖、邪、無、全の八体だな》

「すると、これでようやく三分の一か。竜達がどこにいるか分かれば早いんだけどなぁ。ま、悪さしていないなら、わざわざ戦う必要はないし、今は放置するとしよう。さて、王様達を迎える準備をしようか」

ローグの言葉に従い、皆それぞれの持ち場に散っていった。

今回同盟に参加を表明した国は、ザルツ王国、ローカルム王国、ギルオネス帝国、そしてアースガルドの四ヵ国だ。

エルフの国を除けば、北の大陸には他に中立国のバロワ聖国、ムーラン帝国、ワーグナー王国がある。今回は、それらの国には打診していない。

昼前に、ザルツ王国国王であるロランが会議室に到着した。

「久しいのう、ローグよ。この城に来る途中アースガルドの街を見させてもらったが……あのデカい建造物はなんじゃ？」

ロランは高層ビルに興味津々らしい。

「ロラン王、お久しぶりですね。あれは家ですよ。アースガルドのような狭い土地でもたくさんの人が住めるように、塔に近い建物を建てました。あれ一つで千世帯は暮らせますよ。しかも全室キッチン、風呂、トイレ付きです」

「何とまぁ……。これは我が国からも人が流れるわけだ。綺麗な街並みに快適な住居、安全面では竜が護衛か。正直、敵《かな》わんなぁ……」

次に到着したのは、ローカルム王国の新王ソーン。

「ローグ殿、お久しぶりですね。街も綺麗ですが、物流も相当ですね。私の国では見た事がない物がたくさん店先に並んでいましたよ」

「ああ、あれね……。伝説のドワーフ達が迷宮から持ち帰った魔導具や、神から得た知識から様々な物を再現して、街の店に卸《おろ》しているんですよ」

「どれもこれも私の国にも欲しい品ばかりですよ。資金があれば買い漁るかもしれません、ははっ」

「注文書をくれれば、いつでも用意しますよ。これからもどうぞご贔屓に」

ローグはソーンと笑顔を交わした。

最後に、ゾルグの父であるギルオネスの皇帝が着席した。

「この度は世話になったのう、ローグ殿。ゾルグは元気にやっているかの？」

ローグは皇帝に会釈し、ゾルグの近況を語った、

「ええ、ギルオネス帝国にいた時より数倍は強くなっていますね。今のゾルグなら、あの魔族リューネすら簡単に倒せるでしょう」

そう言って、ローグは背後に控えるゾルグに目を向ける。

皇帝は見違えるように表情が明るくなった息子の姿を見て目を細める。

「おぉ、ゾルグ。随分強くなったみたいだな。父としてお前を誇りに思うぞ」

「いえ、まだまだです。もっと強くならねば、ローグの片腕にはなれませんからね。アースガルドは既に四体もの竜が守護しております。俺も竜に勝てるくらいには修業せねばなりません」

「なんと、また竜が増えたのか。それは怖いのぅ……。うっかりアースガルドと戦争でもしようものなら、国が地図から消えそうじゃな」

「はは、まず間違いなく消えますね。それに父上、竜よりも恐ろしい王もいますし」

そう茶化すゾルグに、ローグが笑って返す。

「ゾルグ、俺はそんな恐ろしくないだろ〜？　こんな優しい王は他にいないでしょ？」

「はははっ、優しいのは身内限定だろう？　それに、普通は優しいとか自分で言わないぞ」

「はは、冗談だよ。さて、出席者も揃ったし……そろそろ同盟についての会議を始めませんか？」

「うむ、では始めよう」

ロランの一声を合図に、ゾルグや控えの者が席を外す。

時刻は正午。この会談はローグ、ザルツ国王、ローカルム国王、ギルオネス皇帝の四人のみで行われた。そして、話し合いの結果、以下の項目が決定した。

・同盟国内において侵略行為はしてはならない。
・同盟国が他国より侵略行為を受けた場合、同盟で力を合わせて対処する。
・互いに国の平和を維持し、民の暮らしを豊かにするために、商人の往き来を活性化させる。
・同盟国に対して著《いちじる》しい背信行為があった場合は、即刻同盟から除名される。

それぞれ意見を出し合い、以上の四項目を中心に、細部は情勢に合わせ、随時調整する事とした。

同盟調印書に四人の血判が押印される。血の誓いは何よりも重いので、破った場合は何をされても受け入れるしかない。それでも、王達は皆、躊躇《ちゅうちょ》なくこの調印書に押印した。

無事に調印を終えて肩の力が抜けたロラン国王が、口を開く。

「これで四ヵ国同盟は締結したのじゃな。確かに戦争があったかもしれんが、それは魔族に操られての事。これからはお互いに力を合わせて、共に国を発展させていこうではないか」

ソーンが同意を示す。

「そうですね、既にギルオネス帝国との戦後処理は進んでいます。これからはお互いに力を合わせて頑張りましょう」

最後に、ギルオネス皇帝が頭を下げて謝罪した。

「今回はワシの不徳により、皆に多大な迷惑を掛けてしまった。本当に申し訳なかった……。今後このような事は二度と起こさないとこの場で誓おう」

ローグはギルオネス皇帝に質問する。

「ところで、いつ、どうやって魔族が入り込んだか覚えていないのですか？」

「う……む。何故かその辺りの記憶が曖昧でなぁ……。気がついたら入り込んでいたとしか。ワシが側室を望んだわけでもなく、いつの間にか側室を名乗り、城にいたのじゃ」

「魅了を使った記憶操作……ですかね。それか何か他の術かな。まぁ、何にしても、魔族の目的が分かって逆に良かったのかもしれませんよ？　奴らの目的が魔王復活だというならば、早い段階でこれを察知出来た事は人類にとっては幸運です。亡くなった人達には申し訳ありませんが、知らなければ世界がさらに危険な状態になっていたかもしれません」

「うむ。今回の事件は速やかに他国にも知らせよう。魔族は発見し次第即排除せねばならぬな」

しかし、ローグの考えは少し違った。

「いえ、それはやめておきましょう。いまだ魔王が復活する兆《きざ》しすらなく、魔族も本腰を入れてはいない様子です。ここで全面的に対立しては、相手を刺激してかえって事を荒立てる可能性があります。排除するのは、直接危害を加えてくる魔族だけにしましょう。それに……人間にも悪が存在するように、魔族の中にも良い魔族だっているかもしれません。その辺りの情報収集や分析を怠《おこた》れば、余計な血を流す羽目になります。なので……もし魔族を発見したり、新たな情報が入ったりしたら、まず俺に知らせてください」

王達はローグの意見に頷いた。そしてロランが纏めに入る。

「あい分かった。まぁ、魔王さえ復活しなければ問題ないからの。無闇矢鱈に我らから争いの種を蒔《ま》く必要はないじゃろう。我らは魔族の情報を集めるだけにしておこう」

「えぇ、それでお願いします。では、これで会談を終了としましょう。ささやかではありますが、別室で食事会の準備をしてあります。皆様、ぜひ我が国の料理を楽しんでいってください」

同盟会議を閉会し、ローグは王達と城内の宴会場へと移動した。そこには既に各国の護衛で来た衛兵やゾルグ達が集められていた。

宴会場に到着すると、王達はテーブルに並べられた豪勢な料理の数々に度肝を抜かれ、呆然としていた。

「ローグよ……これのどこが〝ささやか〟なのじゃ!?　量もそうじゃが、どれもこれも見た事のない料理や酒ばかりではないか!?」

「いやぁ、三日前までいたエルフの国にある世界樹の地下迷宮で、またたんまりと食材が手に入ったんですよ。それと、これは極秘ですが……オークキングよりさらに上のゴッドオークの肉もあります。知り合いの料理人に聞いたら、値段は付けられないと言われた品です。せっかくお集まりいただいたので、お礼にご馳走しますよ。さ、遠慮なく召し上がってください」

「ゴ……ゴゴ、ゴッドオーク!?　そんな魔物がおるのか!?　あのオークキングより美味いじゃと……!?　ど、どれ……」

ロラン王はすぐさまゴッドオークの肉を一切れ口に含んだ。

「な、何……じゃっ!?　く、口に入れた瞬間に消えたかと思うほどの極上肉!?　こんな肉は生まれてから一度も食べた事がないぞ!?　う、美味いっ……美味いぞぉぉぉぉぉぉっ!!」

それに釣られて、ソーン王も肉に手を伸ばす。

「では僕も……っ!?　た、確かに……っ！　これは今まで食べたどんな肉よりも格段に美味いっ！　こんな極上の味を知ってしまったら、他の肉は食べられなくなりそうです！」

ギルオネス皇帝もこの極上肉に舌鼓《したつづみ》を打つ。

「これは……っ！　この極上肉を食しただけでも来た甲斐《かい》があるというもの！　それに……酒も美味いなぁ……！　馳走になる」

王達は夢中で料理にかぶりついている。どうやら皆満足しているようだ。

「料理も酒もまだまだありますので、ゆっくりしていってください。この機会に、お互いの親睦を深めましょう」

ローグは、王達が連れてきた護衛の兵達にも同じ物を振る舞った。衛兵の中にはあまりの美味さに涙を流す者までいた。

これで兵達の忠誠心はさらに増しただろう。

いつの間にか竜達まで加わり、会場は大いに賑わった。

その光景を眺めながら、コロンがローグに語り掛ける。

「ふふっ、随分賑やかだね。これが平和って事なのかしら？」

「良い雰囲気だろ？　俺は世界中をこんな風にしたいんだよ。皆が笑って暮らせるような世界にしたい」

「それには同意するけど……簡単にはいかないんじゃない？」

「そうだね。この世界には色んな考えの人がいるからね。そこは仕方ないさ。でも、今日の同盟が、大きな一歩になったと思う」

「そうね。私も出来る限りサポートするわ」

宴会は深夜になってようやくお開きになった。

王達はアースガルド城で一泊し、翌朝それぞれの国に戻っていった。

ローグがゴッドオークの肉を手土産に渡したので、各国の王達は大層喜んだ。

こうして、四ヵ国による同盟会議は無事終了し、北の大陸に新たな秩序が誕生したのだった。

この作品に対する皆様のご意見・ご感想をお待ちしております。

おハガキ・お手紙は以下の宛先にお送りください。

【宛先】

〒150-6008 東京都渋谷区恵比寿4-20-3 恵比寿ｶﾞｰﾃﾞﾝﾌﾟﾚｲｽﾀﾜｰ 8F
（株）アルファポリス　書籍感想係

メールフォームでのご意見・ご感想は右のＱＲコードから、
あるいは以下のワードで検索をかけてください。

アルファポリス　書籍の感想　検索

ご感想はこちらから

本書はWebサイト「アルファポリス」（https://www.alphapolis.co.jp/）に投稿されたものを、改題・改稿のうえ、書籍化したものです。

スキルは見《み》るだけ簡単入手《かんたんにゅうしゅ》！ ～ローグの冒険譚《ぼうけんたん》～ 2

夜夢（ヨルム）

2020年8月31日初版発行

編集－仙波邦彦・宮坂剛
編集長－太田鉄平
発行者－梶本雄介
発行所－株式会社アルファポリス
〒150-6008 東京都渋谷区恵比寿4-20-3 恵比寿ｶﾞｰﾃﾞﾝﾌﾟﾚｲｽﾀﾜｰ8F
TEL 03-6277-1601（営業） 03-6277-1602（編集）
URL https://www.alphapolis.co.jp/
発売元－株式会社星雲社(共同出版社・流通責任出版社)
〒112-0005東京都文京区水道1-3-30
TEL 03-3868-3275
装丁・本文イラスト－天之有
装丁デザイン－AFTERGLOW
印刷－図書印刷株式会社

価格はカバーに表示されてあります。

落丁乱丁の場合はアルファポリスまでご連絡ください。

送料は小社負担でお取り替えします。


ISBN978-4-434-27617-0 C0093